唐诗光明顶

王晓磊 著

文汇出版社

新经典文化股份有限公司
www.readinglife.com
出 品

目录

盛唐，那个传奇的公元 736 年	1
一艘小舟飘开的盛唐序幕	10
张九龄的三个关键词	18
孤鸿海上来	39
孟浩然：一杯敬故乡	49
没有我，你们开不了场	68
诗家险地：从庐山瀑布到洞庭湖	81
抓住那个王翰	92
秦时明月汉时关	99
行到水穷处，坐看云起时	113
请叫我情绪价值之王	129
天上掉下个莽撞人	140
为什么他们不喜欢李白	160

莽撞人你可比不了	168
与尔同销万古愁	178
如果没有李白	187
愿为长安轻薄儿	194
李白和杜甫：好兄弟一被子	205
公主琵琶幽怨多	219
755年，杜甫的《命运》在叩门	238
诗圣就位！杜甫的九大交响曲	254
杜甫的太太：我好像嫁了一个假诗人	270
人生最后几年，杜甫在想什么	280
平平无奇杜子美	290
天罡尽已归天界	303
李杜文章在，光焰万丈长	317

盛唐，那个传奇的公元736年

阳春召我以烟景，大块假我以文章。

——李白

公元736年，唐玄宗开元二十四年，这是一个平凡而又特殊的年份。

此时，唐朝已进入全面的繁荣时期，所谓"天下大治，河清海晏"[1]。

全国人口正迈向史无前例的五千万大关，[2]仓库里的财物堆积如山，似乎永远花用不完。

有个成语叫"长安米贵"，但这句话在当时并不成立，那时米价便宜的青、齐等地不过一斗四五文，哪怕是长安、洛阳这两个昂贵的一线城市，米价也不过斗二十文，就算除去史料夸饰的成分，也是惊人地便宜。相比之下，几十年后的肃宗、代宗时期米价都曾飙升到斗千钱以上。

此外，两京面价三十二文，绢一匹二百一十二文，所谓"天下无贵物"。[3]

看着这份成绩单，唐玄宗李隆基非常满意。这时他才刚过五旬，已经闲到开始考虑长生不老的问题了。

前些年，他就派人找到了隐居恒山的方士张果，大轿抬到宫中。张果自称是上古尧帝时人，已经几千岁了。唐玄宗被唬得不轻，给予其隆重的礼遇，向他请教长生之术。张果便是后世"八仙"中的张果老。

不久张果病逝，唐玄宗十分惊讶，怀疑这是"尸解"之术，求长生的念头反而更盛。开元二十四年，朝廷设置寿星坛，开始大规模祭祀老人星，也就是寿星，为君王祈福。

热闹的不仅仅是修仙界。这一年，在文学和诗歌的领域，更是一个奇迹频发的年头。

这年，山东泰山迎来了一个青年游客，他叫杜甫。

彼时出门旅行十分便利，从洛阳一路行来，沿途都有旅店，甚至还可以租驴子代步。因为社会比较安定，歹徒少，"远适数千里，不持寸刃"，诗人们带着剑主要是为了拗造型。

杜甫这年二十四岁，身轻力壮，健步如飞。这是他人生中一段快乐的时光，尽管去年受了点挫折，在洛阳应试不第，但年轻嘛，输得起，大不了再考。

眺望着巍峨的东岳，但见苍翠的山峦绵延无尽、一片葱郁。

朝阳升起来了,映着东岳泰山,也映着杜甫年轻的脸庞。他心情激荡地写下了一首诗,叫作《望岳》[4]:

> 岱宗夫如何?齐鲁青未了。
> 造化钟神秀,阴阳割昏晓。
> 荡胸生层云,决眦入归鸟。
> 会当凌绝顶,一览众山小。

这是青年杜甫的代表作,也是唐诗里辉映后世的名篇。杜甫用这首力量磅礴的诗告诉世界,我将会登上顶峰,让群山都在我的脚下。

就在青年杜甫眺望泰山的这年,另一个诗人带着他的酒和宝剑,醉醺醺地来到了五岳中的另一座名山——嵩山。他叫李白。

李白有两位朋友在嵩山聚会,一个叫元丹丘,一个叫岑勋,二人约李白来喝酒。李白刚游太原返回,一听见酒字,风驰电掣地便来了。一场将辉映后世千年的"嵩山酒局"就此开场。

他们喝酒的地方是元丹丘的隐居处,极具形胜,举目远望,可以见到浩荡的汝水,还有藏身在林中的古老的鹿台寺。李白喝得大醉,挥毫落纸,写出了一首叫《将进酒》[5]的诗:

> 君不见,黄河之水天上来,

奔流到海不复回。
君不见，高堂明镜悲白发，
朝如青丝暮成雪。

此前李白曾去过一次长安谋取功名，没得到重视。但李白认定挫折是暂时的，自己的才华一定不会被辜负。这一年，他仍然保持着活力，相信着明天：

人生得意须尽欢，莫使金樽空对月。
天生我材必有用，千金散尽还复来。

他们痛饮狂歌的声音回响在月下、山间，连那一刻的月色仿佛都染上了醉意。

提及嵩山，还有一个不得不说的人王维。公元736年恰恰是王维人生的一个转折点。就在此前一年，在赋闲了近十载后，王维得到了宰相张九龄的推荐，被起复任用，并在本年得以随侍玄宗去长安。

这一年也就成了王维十载困顿之后最积极、乐观的一年。

王维专门写诗向嵩山的朋友们辞别。他说："解薜登天朝，去师偶时哲。岂惟山中人，兼负松上月。"意思是：我脱掉了隐士的衣服，到朝廷去任职了。像这样跳进名利网，不但辜负了山中的高士们，也辜负了那松上的明月啊！

面对人生翻开的新一页，王维既有满满的期待，也有一份自嘲。这就是736年的王维。

同样是这年，另一个诗人也在嵩山隐居读书，那便是岑参。这年他二十一岁，跟着母亲在嵩山南麓居住。

岑家本来是很显赫的，此前曾三代为相，可惜都在政治斗争中倾覆了。最后一位宰相岑羲正是被李隆基杀掉的。

虽然家世浮沉，但少年岑参毫不气馁。他正在刻苦攻读，自信可以"云霄坐致，青紫俯拾"。"青紫"是指官员的衣服，这里的意思就是要平步青云。

岑参居住的草屋靠近后世大名鼎鼎的少室山。他写诗说："草堂近少室，夜静闻风松。月出潘陵尖，照见十六峰。"少林寺的钟声，曾无数次陪伴过他的晨读夜诵。

几年之后，岑参会走出嵩山，献书阙下，并成为一代顶尖的边塞诗人。

这一年，当帝国的东部孕育着传奇的同时，在西部，一些故事也正悄然上演。

在长安，年过七旬的贺知章每天上班打卡完毕，就会写写书法、痛饮美酒。他还会跑到素不相识的人家去喝酒，把荷包拍得山响，表示自己有钱。[6]

不但资深年长的诗人活得潇洒，年轻人也活力无穷。仍然是在这年的长安，一位青年诗人和一个青年书法家订交，彼此成为好友。

这位诗人叫作高适，正在浪游长安。那位书法家叫作颜真卿。彼时高适三十二岁，颜真卿二十七岁，都是昂扬奋发的年纪。

这一年正是颜真卿初出茅庐之年。他参加了吏部铨选，这是士人从政的重要一步。在铨选中，颜真卿出手不凡，被评为高等，授朝散郎、秘书省校书郎。事实上，就凭他那一手艺压当世的书法，怕都要直接拉到满分。

高适则相对没那么幸运，那时尚未释褐，仍要再熬好些日子才能出仕。虽然两人际遇不同，但高适和颜真卿都真心欣赏对方，互相写下了不少诗歌唱和。

他俩不会知道，许多年后，当那场惊天动地的"安史之乱"发生时，两人会一文一武，各自成为朝堂的栋梁，共同支撑起大唐的一片天空。

那一年，高适还和另一位草书名家张旭成了朋友。两人一见如故，结为莫逆之交。高适曾写诗给张旭说：

> 世上谩相识，此翁殊不然。
> 兴来书自圣，醉后语尤颠。
> 白发老闲事，青云在目前。

床头一壶酒,能更几回眠?

——《醉后赠张九旭》

这首诗充满了亲切的调侃,把张旭酒后的憨态写得活灵活现,也可见两人的关系十分融洽。

这一年,还有许多的诗人也正迎来人生的壮盛时节。王昌龄之前刚选了博学宏词科,授了汜水县尉;王之涣在四方遨游,远至塞外,写下一首又一首诗篇,声名愈加昭彰。

这一段时光,不但是唐朝最兴旺的时光,也是盛唐诗人们最好的时光。他们中的大多数人都正精力旺盛、朝气蓬勃,对未来充满着期待,觉得一切皆有可能。

李白还没品尝到后来被世人误解、仇视的滋味;杜甫还不知道未来的颠沛与艰辛;王维还怀揣着一份进取之心,人生态度也不曾完全佛系;王昌龄还没被谗毁,仍然在风风火火地打拼;高适还在韬光养晦;岑参正跃跃欲试;贺知章正品着酒优哉游哉;孟浩然则已经收获了内心的平静,不像早年那样纠结不忿了,而是尽情享受着田园的逸乐。

那一年,他们不断奔走、徜徉在中国的大地上,写下了一首又一首诗歌,名作一篇又一篇往外蹿,你一篇《望岳》,我一篇《将进酒》,可说争奇斗艳、耀眼生辉。张九龄的《感遇》已经在酝酿之中，呼之欲出。它将会传承《离骚》的余韵，成为人间最美、最有态度的组诗之一。王维快要出塞了，他的《使至塞上》次年就会诞生，给我们留下无法忘怀的大漠孤烟、长河落日。

这是一个充满希望的年份。世间最令人欣悦的便是希望二字，那是比黄金还珍贵的东西。公元736年，便是诗人们希望最饱满的年代，是孕育着最大可能性的年代。这一年，光压着暗，青春压着苟且，信心是最响亮的调子，明天是最让人期待的物事。恰如李白那句"阳春召我以烟景"，这一年就是唐诗的烟花三月。

让我们记住这一年，记住这一个个熟悉的名字，以及一张张或昂扬、或振奋、或倔强、或闲适的面孔。这不禁让人想起意大利诗人彼特拉克的几句诗：

> 多幸福啊，
> 此日，此月，此年。
> 此季，此刻，此时，
> 此一瞬间。

注释

[1] 唐郑綮《开天传信记》载:"开元初,上励精理道,铲革讹弊。不六七年,天下大治,河清海晏,物殷俗阜。安西诸国,悉平为郡县。自开远门西行,亘地万馀里,入河湟之赋税。左右藏库,财物山积,不可胜较。"郑綮做过晚唐时宰相。

[2] 唐朝人口极盛出现在十八年后的天宝十三载(754),户部奏全国人口有52,880,488人。

[3] 杜佑《通典·食货典》载:"至十三年(725)封泰山,米斗至十三文,青、齐谷斗至五文。自后天下无贵物。两京米斗不至二十文,面三十二文,绢一匹二百一十二文。"

[4] 《望岳》是杜甫开元二十四年开始游齐、赵时期的作品。清浦起龙《读杜心解》认为《望岳》作于开元二十四年之后。莫砺锋《杜甫评传》将之暂系于开元二十四年或稍后。

[5] 《将进酒》系年,诸家说法不一。郁贤皓《李白集》、安旗《李白〈将进酒〉系年》将此诗系于开元二十四年,李白三十五岁。本书采信这一种说法。仅以诗歌本身而论,诗中李白虽感叹光阴易逝,满腹愤懑牢骚,但最终调子仍然不乏昂扬自信,似乎确像稍早的开元年间的作品。此外还有开元二十二年(734)前、天宝十一载(752)等说。

[6] 贺知章《题袁氏别业》写道:"主人不相识,偶坐为林泉。莫谩愁沽酒,囊中自有钱。"

一艘小舟飘开的盛唐序幕

何如海日生残夜,一句能令万古传。

——郑谷

扬子江浩浩江水,日日夜夜无穷无休地从镇江北固山下经过,东流入海。[1] 我们的盛唐诗歌故事,就从这著名的北固山开始。

北固山,在镇江城之北、长江之南,和瓜洲渡隔水相望。历史上这里曾留下许多传说,譬如山上的甘露寺,号称古往今来最有名相亲角,是三国故事里刘备相亲的地方。

事实上,北固山还另有一段奇妙的缘分,是关于唐诗的。

唐玄宗开元元年(713),一个冬末春初的黎明,有艘小船悄然停在了北固山下。

在唐诗的世界里,一旦有可疑的小船单独出没,你便要打起精神了,因为往往会有杰作诞生。后来李白、张继、柳宗元等人的小舟莫不如此。[2]

眼下这艘船上有位诗人，名叫王湾。他是洛阳人，目前正在南方旅行，已经离开家很久了。

天要亮了，晨光洒落在船头。王湾熄灭烛火，放下了手里的书，[3] 披衣走出船舱，但见水面平展、一望无垠，江流汩汩滔滔，在北固山的目送下直奔向天际。

风很好，是那种怡人的顺风。船家把帆扯得足足的，要开始新一天的征程。王湾胸襟为之一爽，甚至产生了一种错觉：这船，这江，仿佛正是要把严冬抛在身后，去追逐阳春。

王湾欣然命笔，写下了一首诗，题为《次北固山下》[4]：

客路青山外，行舟绿水前。
潮平两岸阔，风正一帆悬。
海日生残夜，江春入旧年。
乡书何处达？归雁洛阳边。

诗出来没多久，王湾便收到朋友们的反馈：

老兄，你屠榜了啊！

这首诗迅速地流传开了，其当红程度不亚于后世的流行歌曲。当时几乎最重要的诗歌选本《国秀集》《河岳英灵集》都争相选了这首诗。何以它这样受人喜爱？答案大概便是四个字：盛唐气象。

它所写的主题，乍一看其实很平凡，无非客路、乡书、归雁，不过是一个游子的羁旅愁思而已,说白了就是想家。

它所写的景物也是那么萧瑟,冷清清的黎明,寂寞的旅人,漂泊江南的一叶孤帆,本来无论如何都该是一片愁苦的调子才对。

但这首诗你读来却丝毫不觉得孤寂惆怅,而是感觉那么阔大、那么明亮。

诗人固然怀念着远方的洛阳家乡,念叨着"乡书何处达",但他绝不怅怨,更不悲伤。他用新鲜的眼光去看待眼前的一切,那青山、绿水、风帆。

他虽然也咏叹光阴流逝,却以潇洒的姿态去迎接轮回。"海日生残夜,江春入旧年",不是感慨腊残岁尽、年华又催,而是说新春潜入了旧年,像是随风潜入夜的春雨一样。

他提及了得到和失去,但丝毫没有患得患失,只有豁达和喜悦。残夜消散了,新生的是朝阳;辞别了旧年,邂逅的是江春。在诗人笔下,物质不灭,能量守恒,失去的并不足惜。陶渊明曾说"日月掷人去",但在这一首诗里,是人掷日月而去,明天都会更好,未知的都是欣喜。

这首诗你横看竖看,无论是胸襟还是气象,字里行间写满了呼之欲出的两个字——盛唐。

唐诗一般被分为四个阶段:初唐、盛唐、中唐、晚唐。《次北固山下》这首诗的诞生时机太奇妙了,它无巧不巧地在开元元年写就,正是在初唐迈入盛唐的门槛上,活像是专门为盛唐订制的序曲。而这位天意钦定的作曲家，就是王湾。

前作《唐诗寒武纪》曾提及，初唐时代也有一首标志性的诗，就是苏味道的《正月十五夜》：

火树银花合，星桥铁锁开。
暗尘随马去，明月逐人来。
游伎皆秾李，行歌尽落梅。
金吾不禁夜，玉漏莫相催。

在初唐，新的诗歌开始萌芽、诞生，挣脱了过去南朝百年间的浮靡和单调，变得焕然一新，不正是"暗尘随马去，明月逐人来"吗？

而到了盛唐，天高地阔，长风浩荡，不正是"潮平两岸阔，风正一帆悬"吗？

关于这首诗的流行程度，还有一个小故事。

据说这首诗一传十、十传百，传到了宰相张说手上。张说此人非同小可，他不但是百官的领袖，一生曾经三次拜相，而且是当时的文坛宗主，眼光是非常挑剔的。

唐代笔记《大唐新语》里有这样一段记载，足见张说的眼光之高。曾有人问张说，现在文坛后起之秀，谁最出众？张说答：

韩休的作品，有如祭祀上没调味的肉和寡淡的水酒，档次很高，但缺少滋味；许景先的作品，肌肤丰满，华丽可爱，但缺少风骨；张九龄的文章，如淡妆素裹，简练实用，但润饰不足；王翰的文章，像华美的玉器，灿烂珍贵，但有不少瑕疵。反正都有毛病。

尤其张九龄，原本是张说最为欣赏、一力提携的实力派，居然也给挑出毛病来了。

到底啥样的才是真正的好文字呢？张说用实际行动揭晓了答案。在他办公的政事堂上，张说亲手题写了两句诗，挂出来作为优秀典型，动不动就说：瞧见没，写诗文，就要按照这个水准来！这两句诗便是："海日生残夜，江春入旧年。"

难怪后来有个叫郑谷的唐朝人说："何如海日生残夜，一句能令万古传。"这就是千古名句的魅力。

当然，王湾这两句诗如此称大领导张说的心，也有别的深层次原因的。

张说本身也是诗人。在他自己早期写的诗里，你常会发现和王湾诗的暗合之处，比如这一首：

客心争日月，来往预期程。
秋风不相待，先至洛阳城。

——《蜀道后期》

这首诗里，张说的回家日期延误了。他明明归心似箭，却不直接写，反而写秋风比人更着急，先赶到前头去了洛阳。这种情感是否让你想起"乡书何处达，归雁洛阳边"？

还有另一首《钦州守岁》，这是张说当初流放到广西钦州时写的：

> 故岁今宵尽，新年明旦来。
> 愁心随斗柄，东北望春回。

同样是写在岁尽腊残的时候，张说的"故岁今宵尽，新年明旦来"是否也让你想起"海日生残夜，江春入旧年"？

张说和王湾，是有着共同的人生情感经历的。两人都是北方洛阳人，都在南方长期滞留过，过年也都不能回家。他俩都有过"客心争日月"的焦灼，有过"乡书何处达"的惆怅。

在这种情况下，张说拿到王湾的诗一看，好小子，原来诗还能这样写。我以为自己两首诗把一切羁旅愁思都写足了，可谓"至矣尽矣，蔑以加矣"，没想到居然还能被你翻出新意来。"海日生残夜，江春入旧年"一出世，老夫的"故岁今宵尽，新年明旦来"就显得索然无味没法看了！

好比《红楼梦》里贾宝玉咏柳絮，"莺愁蝶倦晚芳时，纵是明春再见隔年期"，把柳絮的漂泊无奈已写尽了。却不想薛宝钗一提笔,翻出新意来:"好风频借力,送我上青云。"贾宝玉自然难免要拍案大叫,好好好,亏她怎么想得出!张说读到王湾的诗,大概也有类似贾宝玉的心态吧。

随着王湾的小舟漂过,盛唐诗坛的序幕已然徐徐展开。接下来张说、张九龄等人还将壮丽登场,上演更传奇的唐诗故事。

注释

[1] 本书完成于金庸诞辰一百周年。金庸《射雕英雄传》开篇："钱塘江浩浩江水，日日夜夜无穷无休的从临安牛家村边绕过，东流入海。"作为金庸迷，在这里进行效仿，致敬金庸先生。

[2] 张继"月落乌啼霜满天"、柳宗元"独钓寒江雪"都是孤独小舟上的杰作。

[3] 王湾坐船手里有书，是个大概率事件。他是个杰出的编书家，一生与书相伴。当朝组织编撰古今书目，王湾参与编治了集部图书，历时五年而成。后他又参与编校丽正书院藏书，因功授洛阳尉。

[4] 这首诗在当时就有不同的另一个版本。《河岳英灵集》所收诗题为《江南意》，文本是："南国多新意，东行伺早天。潮平两岸失，风正一帆悬。海日生残夜，江春入旧年。从来观气象，惟向此中偏。"

张九龄的三个关键词

一

历史上,有许多了不起的时刻,在当时往往是静谧无声的。

公元701年,李白出生,王维出生,孟浩然则是十二岁的少年,正在襄阳学书习剑,跃跃欲试。

然而此刻他们还不是主角。迎面走来的一个人叫张九龄。我们在上文中已经短暂提到了他的名字。

他拍拍孟浩然的肩膀:你还小,这大唐的诗歌盛世,便让我先登场吧。

未来人生中,我会在一个地方等你,到时候我们再携手前行。

张九龄此时二十三岁,是一个长身玉立、风度翩翩的青年。此刻,他正背负着行囊,离开位于岭南的家乡,前往遥远的京城应试。

放在今天,张九龄大概会被打上一个标签,叫"小镇做题家"。

他自小生长在广东的曲江、始兴,都属于岭南。唐代的岭南极其偏僻,是所谓"魑魅天边国",在人们心目中就是蛮荒、瘴疠之地,是不适宜人类居住的代名词。张九龄后来哪怕做了宰相,也常自称"岭海孤贱"——我就是那个小地方来的孤穷小子啊。

这样一个年轻人,想要征服高门贵胄如云的京城,难度可想而知。然而那一年张九龄异常自信。在跋涉途中,他写下了意气风发的诗句,勉励自己要珍惜青春、兑现天赋:

念别朝昏苦,怀归岁月迟。
壮图空不息,常恐发如丝。

——《初发道中寄远》

张九龄的自信,不是凭空而来。孩提时的他便十分聪慧,饱读诗书。

他尤其喜欢屈原和《楚辞》。屈原是南方楚国人,诗里经常写到南方的植物,如丹橘、兰草、桂花……这些都是张九龄最爱的花草。

据说儿时的张九龄还曾在曹溪拜访了禅宗六祖慧能。[1]慧能亲切地抚摸了他的脑瓜,说这娃娃是个奇童,今后要成大器。

到了京城,张九龄初上试场。主试的考功员外郎乃是鼎鼎大名的沈佺期,当时最负盛誉的诗人。一试之下,张九龄立刻得到沈佺期的激赏,一举高第。[2]

然而意外却发生了。不久,主试的沈佺期被指责考功受赇,意思是收受了贿赂,一时间谤议横生、舆论沸腾,张九龄也暂时回到了岭南家中。

这一波折让张九龄始料未及。那时,一个岭南孩子能得中进士是十分不容易的。好不容易逆天改命,却莫名其妙地遭遇弊案,心情之压抑不难想象。这大概也是张九龄人生中的第一次重大迷惘。

困惑踟蹰之中,年轻的张九龄冒出了一个想法:我要去问一个人。

二

长安三年(703),就在张九龄应试归乡后不久,当世的文坛明星、凤阁舍人张说流贬钦州,途经张九龄的家乡韶州。

这是又一个熟悉的名字,在上文中也曾亮相过的。此时张说还不是宰相,只是个失意的贬官。

张说被谪,乃是触怒了武则天所致。当时武则天的宠臣张昌宗等人要诬陷大臣,张说不肯配合。武则天颇感恼怒,小张诬陷个人不容易,老张你咋还不配合呢。于是张说被贬。

在韶州的张九龄立刻前去求见张说。二人一见如故,谈得十分投缘。张九龄相貌英挺、文章出色,很得张说的好感,何况两人又是张氏同宗，更显得亲近。当时他俩都不会预料到，这会是盛唐前后两代文坛宗主的会面。

两人具体聊了些什么今日已无法确定，但张九龄想必会说到那场科举弊案。他陈述了自己所面临的窘境，诚恳地向张说请教：我该怎么办？张说也一定会给出真诚的回答。

一段时间后，科举谤议事件有了结果，朝廷安排重试。或许是因为张说的欣赏和鼓励，张九龄调整了心情，走出了低谷。重试就重试吧，考一次不行，那便两次；上一位考官沈佺期认可了不算，那就再征服下一位考官，一直考到大唐再没人能主考为止。张九龄自信有这个实力。

本文的标题是《张九龄的三个关键词》，他人生的第一个关键词便是自信。就像孟子的那句"当今之世，舍我其谁也"，既然还没强大到让世界都相信我，那我便做第一个相信我的人。

顾城有一首诗，名字就叫《自信》，有几句是这样的：

你骄傲地走着
一切已经决定
走着
好像身后
跟着一个沮丧得不敢哭泣的
孩子

他叫命运

此刻，张九龄就是一个这样骄傲行走的人。这也是盛唐诗人与生俱来的基因。在后来的李白、杜甫、孟浩然的身上，也能看到类似的自信。

再次抵达京城，张九龄昂然重上考场。此次重试规格更高，主持的是宰相李峤，此公也是文坛巨擘，与崔融、苏味道、杜审言并称"文章四友"，名重一时。重试结果是张九龄"再拔其萃"，又以文才和风度征服了李峤，也证明了当年沈佺期的眼光毫无问题。

朝廷一看可不能再考了，再考下去，怕都派不出考官了。

于是张九龄顺利出仕，担任秘书省校书郎。年轻的他写了这样一首诗，[3]作为自己的出道宣言：

> 君有百炼刃，堪断七重犀。
> 谁开太阿匣，持割武城鸡。
> 竟与尚书佩，遥应天子提。
> 何时遇操宰，当使玉如泥。
>
> ——《赠澧阳韦明府》

这首诗是张九龄送给朋友韦明府的，所谓"明府"就是县令。[4]表面上，张九龄是在称赞朋友的宝刀锋锐无比，能一刀切断七重犀甲，只待风云际会，便要削金断玉、大展锋芒，事实上这也是青年张九龄自信昂扬的写照。一柄寒光四射的宝刀，便是他的自况。

数年后，张九龄又迎来了一个机遇。太子李隆基权柄日重，亟须选拔一批人才充实班底，于是举行选拔，并亲自策问。张九龄又得了优等。

这一步非常关键，张九龄等于是成了李隆基亲自提拔的年轻干部，苗红根正、潜力无穷。

自信这个词，伴随了张九龄出道的第一个十年。这十年间，他在试场予取予求、所向披靡；升迁虽然不能说迅速，但重大的关节都没有错过。况且，那位十分欣赏他的前辈张说已经回到朝廷，重新得到了重用，步步高升。对于张九龄来说，可谓是天时与人和兼具，未来一片光明。

谁料在接下来的十余年中，张九龄却连续遇挫。

三

开元四年（716）后的这十余年，是唐朝国力蒸蒸日上、士人大有可为的时期，张九龄却先后两次被贬。

第一次是因为和宰相姚崇的龃龉。张九龄当时担任谏官，因为个性耿直，老爱提意见，让姚崇很不开心。再加上姚崇和张说本就有矛盾，这使得他更难接纳被认为是张说一系的张九龄。开元四年秋，张九龄因"封章直言，不协时宰"，托病返回岭南老家。

数年后，他得到机会起复，一度被重用，在吏部负责选拔评定人才。这段时间里，他做事为人都很公允，很得众人信服，被拔擢为中书舍人内供奉。

然而不久他又因张说的事被牵连了。开元十三年（725），唐玄宗李隆基东巡举行封禅大礼，随侍的官员由张说负责任命。张说任用了一批私人，破格给他们五品官。张九龄力谏此举不妥，张说不听，终于被政敌弹劾而罢相。张九龄也遭牵累，被外放为冀州刺史。

冀州离乡太远，张九龄母亲年老，不愿跟随赴任。这也是可以理解的，在唐朝，一位年迈的广东老太太确实不容易适应北方的生活。

张九龄上表请求罢官回岭南老家，奉养老母。于是朝廷让他改任洪州都督，治所在江西南昌，好歹离岭南近了些。不久后他又被调往更南的桂州。

这十多年间，张九龄在大唐的南北两端浮浮沉沉、来来往往，一会儿是京城里的达官，一会儿又被赶回岭南老家种菜。

对自己的能力，他仍然自信，但也时常感到人生无常，许多事情仅靠自信无法改变。

他常常慨叹、调侃自己的戏剧人生。在老家种菜的时候,他写了一组非常感慨的诗,题目很长,叫《园中时蔬尽皆锄理唯秋兰数本委而不顾彼虽一物有足悲者遂赋二章》。其中一首是这样的:

> 场藿已成岁,园葵亦向阳。
> 兰时独不偶,露节渐无芳。
> 旨异菁为蓄,甘非蔗有浆。
> 人多利一饱,谁复惜馨香。

(第一句"藿"字注音:huò)

这首诗描写的主角是兰草,有几句貌似不好懂,但其实并不难。"场藿"指栽种的豆苗。"园葵"即葵菜,也是古人常吃的菜蔬。"旨异菁为蓄"是说兰草不能食用。一般古人把贮存的美食叫作"旨蓄",譬如北方的冬储大白菜。

诗的意思是:豆苗已经成熟了,葵菜也欣欣向荣,只有那几株兰草渐渐枯萎,没得到好的照料,失去了芬芳。以世俗的眼光看,兰草既不能贮存起来做食物,又不像甘蔗有甜美的浆汁,眼下人人都只追求实用,无利不起早,谁还怜惜几株兰草的馨香呢?

运命不顺,发发牢骚是难免的。但倘若只有惆怅牢骚,那就不是张九龄了。

除了前文所说的自信,他还有另一样优秀品质,那便是哪怕身处逆境,也总能够坚持做自己认定的事。坚持,便是他人生的第二个关键词。

这个词看上去平平无奇,实则不然。自信,乃是对人生高度的想象力;而坚持,则是在人生低谷里的爆发力。

张九龄的这一特质,或多或少也是由于张说的濡染。张说本人就是几经浮沉,先后三次拜相。某种程度上说张九龄也继承了这一点。

燕居岭南期间,张九龄认定了一件极有意义的事:开凿大庾岭路,打通这岭南出入中原的要冲。这是一件造福百姓的大实事。

大庾岭又名"梅岭",位于今天广东南雄的北部,号称"五岭之首"。在当时,大庾岭路十分艰险陡峭,所谓"人苦峻极",南来北往的商旅无不吃尽苦头。当初大诗人宋之问被贬经过,就曾留下一首著名的《度大庾岭》:

度岭方辞国,停轺一望家。
魂随南翥鸟,泪尽北枝花。
山雨初含霁,江云欲变霞。
但令归有日,不敢恨长沙。

宋之问的诗写得这样辛酸、痛切，也离不开险峻的大庾岭路的助攻。

张九龄作为岭南人，比谁都明白大庾岭路有多难走。他说干就干，亲自勘查，督率民工修出了一条新路。和旧路相比，这条凝聚了张九龄无数心血的新路要平坦宽阔得多，安全性也倍增，大大方便了来往的行人、商贾、邮驿。

这条路后来经过多次补葺，一直使用到近代，张九龄可谓造福了后世上千年。后辈诗人每走过这条梅岭道，都要情不自禁地留诗赞美他。清代人杭世骏有《梅岭》诗云："绝险谁教一线通，雄关横截岭西东。……荒祠一拜张丞相，疏凿真能迈禹功。"把张九龄的功劳和大禹并列。

此等功劳当然也被朝廷看在眼里。李隆基坐不住了：路修好没有？修好了就快回来，朕正处于事业的上升期，大唐需要你！

十多年中，张九龄几落几起，先辞官归岭南，又因修路有功被起复；后来迁洪州、桂州，又被召还京。为什么会有这样戏剧性的经历？究其本质，其实是李隆基这时仍在励精图治，需要人才。张九龄，从来就没有真正脱离他的视野。

再往根本里说，还是因为时代仍是处于上升的周期中，做事、创业仍然是主流，朝堂的风气也还比较清正，对张九龄没有根本性的不兼容，所以才能有一次次回还的机会。

开元十九年（731），张说去世了。作为一代文坛宗主，他有行事率性、刚愎自用的一面，但对张九龄的赏识和抬举一直都是真诚的。

此时的张九龄也已成长为内定的宰相接班人，先任副部长级的工部侍郎，很快又兼知制诰，起草皇帝文书。旋即玄宗又任命他为中书侍郎，相当于副相。

不多时，张九龄遭逢母丧，返回岭南老家丁忧。不过数月，玄宗就下旨夺情，任命他为中书侍郎加同中书门下平章事，等于是拜相。刚过完年的张九龄不得不星夜奔驰，返回长安上任。

开元，这个中国历史上最负美誉的时期，在继姚崇、宋璟、张说等人之后，终于迎来了它的最后一位贤相。中国的诗坛也迎来了一位极有作为的宗主。

四

前文，我们说了张九龄的许多人生故事，它们大都是关于官场升迁的，和诗歌、文学无关。到这里就要说一说文学了。

有人会问，你频繁提到张九龄是"文坛宗主"，但看之前列举的他的几首诗，虽然不能说徒有虚名，也不见得就惊世骇俗、艺盖当代。[5]那他究竟为什么是"宗主"？究竟什么样的人才能叫"文坛宗主"？

张九龄的诗歌，后文再专门论述。先回答这一问题：在唐代，什么样的人才配得上叫"文坛宗主"?

答案是:不但自身要有高超的文学造诣,还要关心文学、爱护青年,勇于提携后进。

他本人未必要是花圃里最绚丽夺目的那一株花,但却必须是一株参天大树,无私地为后辈诗人提供阴凉、遮蔽风雨,让他们茁壮成长。眼下的张九龄,还有未来我们会提到的韩愈,都是这样的参天大树。

这些年来,张九龄一直在提携后辈。不夸张地说,他所关怀、提携过的后辈诗人,开列出名单来,简直就是半个盛唐。

比如年轻人王维,因琐事获罪,被贬济州,陷入困顿之中。张九龄十分欣赏王维的才气和人品,特意召他回京,拔擢为右拾遗。王维于是终身感激张九龄。

另一位诗人孟浩然,个性孤高,命多乖舛,终身没有得到仕进机会。张九龄却很欣赏这位布衣诗人,常和他互相唱和。后来自己调到荆州工作,特意召孟浩然到身边做从事。

诗人包融,名列"吴中四士",与贺知章、张若虚、张旭齐名。此人也得到了张九龄的赏识,获得了提拔。

另一位诗人卢象,在开元年间颇有影响,一度和王维、崔颢比肩,崔颢就是著名的《黄鹤楼》一诗的作者。张九龄非常器重卢象,也拔擢了他。

还有王昌龄、皇甫冉、李泌、裴迪、储光羲、綦毋潜……

这许多盛唐诗人都不同程度得到过张九龄的关照。王昌龄半生的沉浮起落都是和张九龄挂钩的。他仕途比较舒心的时候正是张九龄当政时期，此后张九龄遭贬，王昌龄也很快被贬逐。后来，王昌龄一度长期在荆襄盘桓，这也离不开在荆州工作的张九龄的照拂。

翻读盛唐人的诗歌，字里行间常常看见他们对张九龄的爱和感念，如同孩子们写到可敬的班主任。

比如王维的《献始兴公》，"始兴公"就是张九龄。这是一篇发于肺腑的仰慕之言：

> 宁栖野树林，宁饮涧水流。
> 不用坐梁肉，崎岖见王侯。
> 鄙哉匹夫节，布褐将白头。
> 任智诚则短，守任固其优。
> 侧闻大君子，安问党与雠（chóu）。
> 所不卖公器，动为苍生谋。
> 贱子跪自陈，可为帐下不。
> 感激有公议，曲私非所求。

王维在诗中说，我自己本是一个喜爱隐逸的低欲望之人，生就山野之性，安贫乐道，不热衷功名利禄。这倒也确实是王维的性格，并不是他自我粉饰。"不用坐粱肉，崎岖见王侯"这两句中，"粱肉"是指精美的食物，"崎岖"在此是指奔波劳苦。王维的意思是自己本不愿为了一点名利而奔波，宁愿过清苦自适的生活。

让自己重新燃起斗志的正是张九龄，因为他是"大君子"，行为高洁，从不结党徇私。"所不卖公器，动为苍生谋"，这是对张九龄政治人格的极高赞誉。王维说，自己虽然性格疏野，也甘愿追随张公左右，满腔崇敬可谓溢于言表。

甚至杜甫也想投诗给张九龄，只不过因为年纪实在太轻（杜甫比王维小十一岁，比孟浩然小二十三岁），加上身份阶层悬殊，没得到合适的机会。杜甫后来专门写诗说"向时礼数隔，制作难上请"，表达了对无缘和张九龄相识的深深遗憾。

何以张九龄这样热心关爱年轻人？一个原因大概就是张说。

他无法忘记，自己作为一个偏远地方的孩子，所谓"岭海孤贱"，是怎样得到了张说的热情关怀，一路被无私提携。

他也忘不了张说如何在朝堂上毫不避嫌地大声夸奖自己，说他是"后出词人之冠"。

一个品格美好的人，会放大世界对自己的善意。当张九龄身居高位之后，他就效仿张说，把这份热情传递给了王维、孟浩然、王昌龄、包融、綦毋潜等后辈。

五

一转眼已是开元二十三年（735）。盛世的到来，似乎水到渠成，如同张九龄亲笔所记录的："三年一上计，万国趋河洛。"

站在长安的高处，宰相张九龄的目光似乎越过了八百里关中平原，看着他为之付出心血的整片国土。

他看到了辽阔的耕地——"高山绝壑，耒耜亦满"，到处在忙碌耕种；他看到全国人口向史无前例的数据迈进；看到南来北往的交通要道上，使者和商旅络绎不绝；看到长安街头熙熙攘攘，随处可见波斯[6]、大食、日本等国的舞蹈、音乐和工艺品；他看到了民生的改善、物资的富足，像后来杜甫的诗歌所回忆的：

> 忆昔开元全盛日，小邑犹藏万家室。
> 稻米流脂粟米白，公私仓廪俱丰实。
>
> ——《忆昔》

然而盛世也往往带来一样东西，那就是骄傲。

唐玄宗骄傲了起来。端详着漂亮的成绩单，他志得意满，觉得过去工作太努力了，该给自己放一个长假了，无限长的那种。

张九龄依旧刚直不阿、直言切谏，然而朝堂的风气却变了，迎合上意、吹牛拍马渐渐成为主流。阿谀奉承的人在唐玄宗身边日益增多，影响也越来越强，比如李林甫。此人最大的本领就是不断打击和构陷劝谏者，同时告诉唐玄宗好好放假、享受人生。

有一次唐玄宗打算从洛阳返回长安，有人劝谏说天子出行仪仗浩大，会影响沿途秋收，不如等冬天再回。李林甫揣摩上意，说天子在自己家溜达还需要考虑时间吗？您爱回就回呗。玄宗大悦，立即安排回程。类似这样的事情比比皆是。

三年前，耿直爱谏的张九龄在唐玄宗眼里还是能臣，然而此刻他却变得面目可憎，成了自己享受生活的绊脚石。

开元二十四年（736），在宰相任上的最后一年，张九龄履行了人生中最重要的一次劝谏，甚至也是整个唐王朝历史上最关键的一次劝谏，没有之一。有一个将领叫安禄山，打了败仗，按律当斩。唐玄宗却想要饶过他。张九龄上疏力陈安禄山品行不良、久必为患。唐玄宗非常不悦，执意放过了安禄山，还嘲讽张九龄过于自负，并且可能怀有私心。

如果能够穿越，未来的唐玄宗一定会选择穿回开元二十四年，把当时的自己猛打一顿。可惜历史没有如果。

终于，唐玄宗对张九龄的耐心耗尽了，斥责他"慕近小人，亏于大德"，对其进行了一番公然羞辱，并把他贬逐到荆州。朝中的宰相班子成了李林甫和牛仙客。

这不但是一个政务和品行上很糟糕的组合，哪怕就以文化水平而论，也是唐朝建立以来最低能的一个执政班子。李林甫固然不学无术，闹出过无数文字笑话，比如把"弄璋"错写成"弄獐"，而牛仙客也是目不知书。

宋朝人为此专门写了一首讽刺诗：

> 金殿千门白昼开，三郎沉醉打毬回。
> 九龄已老韩休死，明日应无谏疏来。
>
> ——晁说之《题明王打毬图》

朝廷变天了，老宰相韩休已故去，现下的宰相张九龄也老了、失势了。明天应该是没人劝谏提意见了吧？三郎李隆基可以肆无忌惮开开心心地打马球了！

对于盛唐的转衰，学者李劼曾经有个论断："诗家过于兴旺，国家就会变得文弱。"他认为盛唐的中衰是因为诗人太多了，并说古今中外莫不如此。

这种武断的归因听上去很痛快，但其实恰恰是弄反了，忽视了历史的真相。事实上，"安史之乱"前夕掌握国家权力的根本没有一个诗人，反而是最没文化的一帮人。

在帝国中枢，真正的诗人张九龄早被赶走了，朝中的李林甫、牛仙客，以及后来的国舅杨国忠、宦官边令诚，哪一个是诗人？[7]他们甚至认字都费劲。大唐在文化昌盛的时代居然能选出这么多没文化的高官，也真算是难为玄宗了。这些人搞垮了帝国，关诗人什么事呢？

六

年近六旬的张九龄踏上了贬往荆州的路途。

从长安到荆州，要穿越秦岭，通过著名的商於古道。这条路在唐诗里叫"商山道"，后文中我们还会多次遇见。这一路上，因过多的来往使者占用了运力，驿站里马匹不够，使得张九龄的行程更加艰难。

他还强烈地感觉到，这一次的离开和之前都不一样。这倒并不是因为年纪大了，尽管他的身体确实渐渐羸弱，此前上朝时就已有些拿不稳笏板，[8]但更大的不同是环境变了。

之前的朝堂，固然也存在派系、政争，好比姚崇和张说就不和，但那并不是两种人格的抵牾。无论姚崇还是张说，本质上都不是阿谀奉承之徒，都不会通过故意迎合、放大上位者的恶来博取晋升。

而此刻的朝堂，劣币驱逐良币已然成风，唱赞歌、说假话成了主流，正直的品格与干事的能力已经不被容许。

更吊诡的是，此刻唐朝表面上仍然繁荣，承平治世仍然持续，少了一两个说真话的张九龄，似乎没什么大不了的——就算折腾上几年，难不成盛世的天还能塌了？

在时代的洪流面前，张九龄有种沉重的无力感。

这个世界上，无论你意志多强大、才能多卓越，仍然有许多事会超出个人的能力。凭借个人的奋斗，固然可以完成许多壮举——小镇青年可以冲出岭南、征服长安，险峻无比的大庾岭路也可以凿通，然而单凭个人意志，对抗不了时代的风气，挽救不了历史的拐点。

张九龄想到了张说，那个早已远去的苍凉背影。

燕公啊，你言传身教，曾给过我两个关键的答案——自信与坚持。它们确实帮助我走过了许多的路，使我无数次闯过逆境。

可眼下，我觉得光靠自信和坚持已经没什么用了。我的意志已然消沉、低落，精神正在滑向虚无。

你还能不能告诉我，在个人无能为力的时代，唯一能做的是什么？那第三个关键词又是什么？

注释

〔1〕 见熊飞《张九龄大传》。作者熊飞在《大正藏》第五十一册《传法正宗记》一书中发现的这桩轶事。

〔2〕 唐人徐浩所撰《唐尚书右丞相中书令张公神道碑》载:"考功郎沈佺期尤所激扬,一举高第。"

〔3〕 熊飞《张九龄集校注》及《张九龄大传》将此诗系于张九龄制举后任校书郎期间,本文也采此说。熊飞先生认为,校书郎职位卑微,张九龄为此抑郁不欢,所以有"误登射策之科,忝职藏书之阁"的抱怨,本诗也存怨艾之意。个人以为,这个职位是惯例常见的进士起步岗位。不少诗人都是从校书郎做起的,如之前的杨炯、稍晚的王昌龄,再后来的刘禹锡、白居易、杜牧等都是如此,或许谈不上轻贱弃用。窃以为张九龄"误登射策之科,忝职藏书之阁"的话应当是一种低调和谦虚,和今天人们说"在下无才无德,侥幸得到这个岗位"的意思差不多。

〔4〕 一说韦明府是澧州刺史韦潜。

〔5〕 这里借用金庸《天龙八部》第四十二章语:"见面不如闻名!(姑苏慕容)虽不能说浪得虚名,却也不见得惊世骇俗,艺盖当代。"

〔6〕 651年,波斯萨珊王朝被大食(阿拉伯)所灭,但其与唐朝的文化交流一直没有断绝。波斯王子俾路斯此后长期接受唐朝庇护,唐朝还一度建立了波斯都督府。这种文化上的勾连一直延续到唐末。晚唐诗人李珣就是波斯后裔,其兄妹三人都会写诗。

〔7〕 唐人封演的《封氏闻见记》记录了一个故事,可见杨国忠的城府底蕴远不如李林甫。此前国子监生们巴结李林甫,给他立了块碑,被李林甫厉

斥。诸生怕出事,连夜把碑扒了。结果等杨国忠当了宰相,立起新碑自夸,京兆尹鲜于仲通撰文,唐玄宗还亲自改了几个字,立碑时这几个字被填成金字。时人讽刺说:"天子有善,宰相能事,青史自当书之。古来岂有人君人臣自立碑之礼?乱将作矣。"后果然安史变起,天下大乱。

〔8〕 传说张九龄创造了装笏板的"笏囊",一度引起百官效仿,成为当时的时尚潮流。宋王之道有诗:"九龄风度高难挹,举世纷纷漫笏囊。"但也有一种说法称张九龄其实是身体不好,拿笏板吃力。

孤鸿海上来

> 孤鸿海上来,池潢不敢顾。
>
> ——张九龄

荆州城,天宇空旷,万籁无声。

年近六十的张九龄登上百尺层楼,凝望滔滔的江水,各种念头纷至沓来。

荆州即是江陵。看见蜿蜒的古城垣和斑驳的砖墙,他百感交集。

这是一个充满故事的地方。一百多年前,梁朝在这里被西魏灭国,梁元帝于投降前点火焚书,烧掉了珍贵藏书十四万卷。梁朝的大诗人王褒也做了俘虏,被挟持北上,留下了"秋风吹木叶,还似洞庭波"的忧伤诗句。

如今,这一切遗迹已然无存,现下是繁盛的但又让人忧心忡忡的唐王朝。

到达荆州后，张九龄来不及休整，就给唐玄宗上谢表，措辞非常谦卑，把自己说得一文不名。

他说"在臣微生，有若蝼蚁，身名俱灭，诚不足言"，语气近乎永别。他明白，自己已经没有什么回去的机会了。在李林甫等人的把持下，朝廷的政治空气日渐污浊，已容不下他。

然而张九龄大概想不到的是，这一次来到荆州，非但没有"身名俱灭"，反而有了一番新的功业，那就是诗歌。当他双脚踏上荆州大地的时候，唐诗，又来到了一个关键时刻。

政治，且留给李林甫们去操弄吧。此时此刻，似乎有一阵风云激荡，有宏伟的钟声悠悠响起。宰相张九龄退场了，诗人张九龄将成就完全体。

他将会把自己一生的所感、所遇写成一组新诗。这组诗，将超过他之前的几乎所有创作，达到个人艺术的真正高峰。这组诗歌就叫作《感遇十二首》。

我们来读其中最重要的几首：

> 兰叶春葳蕤，桂华秋皎洁。
>
> 欣欣此生意，自尔为佳节。
>
> 谁知林栖者，闻风坐相悦。
>
> 草木有本心，何求美人折。
>
> ——《感遇十二首》其一

这是《感遇》开篇的第一首,它描写的主角是两样美好的植物:兰花和桂花。

在春天,兰叶茁壮茂盛;在秋季,桂花皎洁馨香。那绿叶和素华,那蕙带与紫茎,都在自然界中摇曳生姿、自得其乐,从来不肯变心而从俗。

谁知有一些"林栖者",嗅到了它们的芬芳,接踵而至,乃至"求者遍山隅",用今天的流行话语说就是突然有了热度和流量。可是兰桂的初心丝毫不在于此——草木的馨香本就源自天性,它们哪里在意那些"美人"的眷顾呢?

关于这首诗里的"美人"究竟指谁,说法不一。有人认为是指附庸风雅之徒,也有人认为是指君王或朝廷。不管怎样,兰桂是不会汲汲于营求美人攀折的。就像从当初青春的岭南少年,到如今六旬的远谪吟者,张九龄始终是那个张九龄。

这首诗的影响非常大。清代蘅塘退士编《唐诗三百首》,它被列为开篇第一首。可见在蘅塘退士的心目中,这首诗能代表唐诗的品位和格调,也能代表有唐一代诗人的境界与神采。自此之后,不知有多少诗歌爱好者尝试着翻开《三百首》,和这首《感遇》猝然相遇,在磕磕绊绊中学会了"葳蕤"这个美丽的字眼,感受着张丞相的气度风华,从此与唐诗结缘。

这第一首《感遇》诗,可说还是写得比较矜持、恬淡的。对于那些"林栖者",张九龄稍有微讽,但也仅此而已,诗人和这个世界还没有激烈的冲突。

然而你会发现,越往下写,这组《感遇》诗就开始越激烈和深沉。如同一首奏鸣曲到达了中段,情绪开始激烈了,忧谗畏讥的意味在变重,那种被误解、被放逐的痛感上升了,诗人的彷徨、踟蹰也迸发了出来:

> 孤鸿海上来,池潢不敢顾。
> 侧见双翠鸟,巢在三珠树。
> 矫矫珍木巅,得无金丸惧?
> 美服患人指,高明逼神恶。
> 今我游冥冥,弋者何所慕!
> ——《感遇十二首》其四

一只孤傲的鸿雁自海上而来,对那小小的池塘河潢,并不敢逗留,也不屑于回顾。侧目一看,有两只华丽的翠鸟还待在珍贵的树木上,洋洋得意,不知死活。难道它们不畏惧猎人的弹丸吗?难道它们不明白美丽容易遭人嫉恨,身居要津则会引来憎厌吗?哪像今日的我,优游事外,无欲无求,看射猎者能拿我怎么办呢?

当你初一读这首诗,会觉得张九龄有点自命识趣、知机的意思,仿佛是津津乐道于自己的不恋栈,欣慰于自己的侥幸抽身,同时还窃笑"双翠鸟"的糊涂。

可再一细品,便会发现诗人这所谓的"窃喜"是假的,简直是连自我安慰都算不上。诗人真的没有"金丸惧"了吗?真的是不患人嫉妒了吗?事实上,在表面上的侥幸之下,诗人仍然有藏不住的忧虑情绪,还有一种对奸佞小人无休止的倾轧、中伤的深深的疲惫,像他其他诗里所说的:"朝雪那相妒,阴风已屡吹。"

然则这首诗的意味还不止于此,假如只读到这一层,还不算完全品出了味道。它真正的动人之处,在于更深入的一层意思:

小心翼翼的怯懦感也罢,暗暗欣喜的侥幸感也罢,忧谗畏讥的恐惧感也罢,都还只是这首诗的表面。

它的灵魂里仍然是一种高贵感——我仍然是一只遗世独立的傲岸孤鸿,我对自己的这一认知从来都没有变过,谁也剥夺不去、侵蚀不了。

"入不言兮出不辞,乘回风兮载云旗。"这是屈原《九歌》里的话,恰似这只孤鸿的写照。

翠鸟固然可以得意洋洋地占据嘉树,弋者有时也可以肆无忌惮地中伤珍禽,但孤鸿永远是孤鸿,自海上而来,向云天而去,永不会放下一份矜持与高洁。这一份高贵,才是本首《感遇》诗的魅力。

诗,还在继续往下写着。这时张九龄的心绪已悄然飞到了南方:

江南有丹橘，经冬犹绿林。

岂伊地气暖，自有岁寒心。

可以荐嘉客，奈何阻重深。

运命唯所遇，循环不可寻。

徒言树桃李，此木岂无阴。

——《感遇十二首》其七

诗人在问：朋友啊，你可知道丹橘吗？这一种生长于江南的美好树木，哪怕在冬季也枝叶青青。这可不是因为气候温暖哟，而是它本身就有耐寒的庄重品性。

这丹橘呵，它硕果累累，如此甘甜，明明可以呈给嘉宾，奈何山水重重阻隔，无法进献。人生际遇各自不同，因果循环又哪是那么容易参透的呢？你看这世间，人们纷纷推崇桃和李，难道丹橘就不能成荫吗？

这首《感遇》表面上是写丹橘的。张九龄真的是深爱屈原，屈原就曾写过一篇《橘颂》，说"后皇嘉树，橘徕服兮。受命不迁，生南国兮"，赞美丹橘的坚贞品质。

此刻，张九龄的心跨越时空，和屈原联结在了一起。他们同样生长于南国，同样品性坚贞、不同俗流，又同样地被毁谤谗逐。相似的人生命运使这两代南方大诗人都把情感倾注在了丹橘上，达成了跨越一千年的连线。

张九龄的这种写诗手法,叫作"兴寄",就是从一件似乎毫不相干的外物写起,将自己的感情寄托在上面,按照骆玉明先生的说法,是完成一种"情绪上的漂移",达到一种很婉转的效果。

张九龄有时候写兰桂,有时候写荔枝、丹橘,有时又写归燕、孤鸿,这些事物往往有个特点,就是和他的故乡南方有联系。桂花、荔枝、丹橘就都是南方的事物。张九龄好像一个会变身的精灵,在他的诗国里化身千百,一会儿变身成皎洁的桂花,一会儿变身成耐寒的丹橘,一会儿变身成怀才不遇的荔枝,但千变万化,演绎的其实都是他自己。

许多人曾经讨论:张九龄的诗到底好在哪里?

如果要写成论文,这个话题至少可以写几万字。此处只给一个简略的个人回答:从诗的角度,他给了盛唐两样东西,一个叫省净[1],一个叫深婉。

用今天的话说就是,以最节省的语言,表现最阔大的境界;用最简洁的比喻,传达最深远的意蕴。

如"孤鸿海上来",如"江南有丹橘",如"桂华秋皎洁",如"海上生明月",后来杜甫说张九龄"诗罢地有馀"就是这个意思。

而且他的诗不但风格清澹,气质还总是那么庄重含蓄,哪怕是感触再深、郁结再重,也依旧是怨而不怼、哀而不伤,不会失态咆哮,不会失去风度体面,这对后来盛唐几大家尤其是孟浩然、王维都很有影响。

说完了《感遇》，可以聊前文留下的一个问题了：张九龄人生的第三个关键词是什么？

自信与坚持，这是他人生的前两个关键词。它们帮助张九龄渡过了困境，也让他兑现了自己的天赋，在功业上达到了很高的地步。

然而当时代不可逆地掉头向下，遇到个人无能为力的时刻，又当如何？

在荆州，张九龄寻觅到的这个终极答案就叫作——态度。当什么都做不了的时候，至少你还可以有态度。

他的《感遇》正好解答了一个极为关键的问题：作为诗人，该以什么样的态度，站在时代的面前。

大概就是：可以纠结，可以挣扎，可以保身避祸，但绝不蝇营狗苟、同流合污；把诗歌当作功业一样去追求，一样可以成就不朽，甚至，是更广泛意义上的不朽。

总结一下就是：一、永远保持内心的高贵；二、永不放弃感受和思考；三、功业可以有尽头，而艺术没有尽头。

这些内容，屈原、陶渊明事实上早已经回答过了，但都不能替代张九龄的。

对后辈年轻人来说，那些古贤离得太远了，不够清晰可感。张九龄不一样，盛唐的主流诗人固然大多是他的晚辈，孟浩然小他十一岁，王昌龄小他二十岁，王维、李白小他二十三岁，杜甫小他三十四岁，但另一方面，张九龄又是活生生的同时代人，他亲切具体、严肃可爱，他不是一个抽象的远古符号，而是一个鲜活真实的当代人。由这样的一个人来言传身教，意义是极大的。

一个文学的大时代需要一个典范和先驱，张九龄就恰好是这个典范。接下来，被他所深深影响的那批时代青年，王维、王昌龄、裴迪、綦毋潜、储光羲、杜甫……都将一生怀揣着张九龄的这个答案，秉承着一颗独立的文学之心，去面对各自的人生。

在荆州，张九龄生命的最后几年，他召唤来了一个人相伴，那就是孟浩然。

这仿佛是在说：还记得否？我曾说过，在人生某个时段，我们终会相聚。

两个人把臂言欢，在荆襄大地上徜徉，一起登楼、爬山、巡游、写诗，完成了盛唐一次温暖的重逢。

注释

〔1〕 霍松林先生有《寄兴遥深　结体省净——说张九龄〈感遇〉二首》,"省净"是对张九龄诗非常到位的评价。钟嵘《诗品》说陶潜诗:"文体省净,殆无长语。"

孟浩然：一杯敬故乡

> 吾爱孟夫子，风流天下闻。
>
> ——李白

多年以后，张九龄还记得那个秋月新霁的夜晚，那大概是他第一次遇见孟浩然。[1]

当时是在长安，秘书省内高朋满座，微雨刚过，月华如水，大家正在即景吟诗。孟浩然显得非常特别，他一袭白衣，身材颀长瘦削，眉宇间还有着淡淡的疏离之色。[2]

联诗活动正到了热闹的时候，众人你唱我和，佳句迭出，有的雅致，有的清幽。等到孟浩然开口了，他触景生情，吟出了一联：

> 微云淡河汉，疏雨滴梧桐。

现场顿时一片寂静。这清绝的诗句，让所有人的心仿佛都停了一秒。

有人迟疑问："刚才是王摩诘吟的吗？倒像是他的风范。"

王维连连摇头："不是我，这是孟襄阳的大才啊。"

张九龄也不禁为之动容。孟浩然，这个名字，我记住了。

孟浩然，襄阳人，生于武则天永昌元年（689）。

他的家庭是一个薄有资产的书香门第，在襄阳南郭外有一所园庐，用今天的话说就是山景花园乡村别墅，孟浩然就在这里长大。

少年时，他像许多同龄人一样学习书剑，日子无忧无虑。他也喜爱游山玩水，但却有个特点：不爱出远门，老在附近逛荡。

襄阳的山水太好了，根本用不着出远门。孟浩然家附近就是大名鼎鼎的岘山，遍布名胜古迹，三国时名将羊祜的堕泪碑就在这里。

与岘山隔着汉水相望的是幽静的鹿门山，传说东汉末年的高士庞德公就在此隐居。左近还有望楚山、万山、沉碑潭、渔梁洲等去处。孟浩然整日在这些山水中流连往返：

> 山寺鸣钟昼已昏，渔梁渡头争渡喧。
> 人随沙岸向江村，余亦乘舟归鹿门。
> 鹿门月照开烟树，忽到庞公栖隐处。

岩扉松径长寂寥,惟有幽人自来去。

——《夜归鹿门歌》

但就像那首老歌《小小少年》唱的一样,随着年岁由小变大,他的烦恼增加了。孟浩然最大的烦恼之一,就是偏偏生在了盛唐。

这个时代太亢奋、太上进了,随处都能看见四个字:建功立业。

那时社会上弥漫着一股乐观向上的劲头,人人都想着有所作为、建功立业。好比走到书店,随处都是《姚崇论成功》《宋璟的为官之道》《岭南少年张九龄》之类的成功学著作。一个年轻人可能逢人便被问:科举了吗?考中了吗?怎么还不去考啊?

这种风气也卷到了幽静的鹿门山。孟浩然有个最好的发小叫张子容,是个性格冲淡的人,和孟浩然很像。

这一天张子容登门来访。孟浩然拉着友人之手说:"有你,真好。大家都去博功名,只有你陪着我。"

张子容抽出了手,尴尬一笑:"浩然兄,我是来告别的。我这就要去长安应试啦。"

送别张子容时,年轻的孟浩然深深感到了离别的痛。夕阳下的柴门前,两个好朋友依依不舍:

夕曛(xūn)山照灭,送客出柴门。

惆怅野中别，殷勤岐路言。

茂林予偃息，乔木尔飞翻。

无使谷风诮，须令友道存。

——《送张子容进士赴举》

诗中说：我仍然在山林隐居，而你已经去追逐远大的前程了。不管怎样，我们都不要像《诗经·谷风》所讽刺的那样友谊断绝，而要一直做好朋友。

在这种建功立业的氛围的影响下，孟浩然也坐不住了，也想着博取功名。有时候，时代的共鸣太强了，你会分不清一件事究竟是自己的梦想，还是环境的回响。孟浩然就是这样。

为了求功名，孟浩然积极准备着。他确实很努力，"闭门江汉阴"，像模像样地买了习题、刷了试卷，专心备战。

感觉功课已经到位，他又到湘赣一带漫游，结交社会贤达，和大佬们混脸熟，为自己的求仕铺路。毕竟唐代的科举不只靠考场发挥，往往还要看考生的名望和社会资源。

他来到了洞庭湖，见识了这里的浩淼烟波。和家乡的沉碑潭相比，洞庭湖太大了，孟浩然心情激荡，不由得对成功更加渴望。

当时，一代文坛宗主张说正被贬为岳州刺史，洞庭湖正是他的辖区。孟浩然写了一首诗送给张说，表达了渴望被引荐的心意，这首诗就是流传千古的《望洞庭湖赠张丞相[3]》：

八月湖水平，涵虚混太清。

气蒸云梦泽，波撼岳阳城。

欲济无舟楫，端居耻圣明。

坐观垂钓者，徒有羡鱼情。

明明是一首拉关系、攀人情的诗，却被孟浩然写得壮绝千载，尤其是"气蒸云梦泽，波撼岳阳城"这一联。

"云梦泽"是一个先秦地名，是古时候一个巨大的湖泊群，绵延千百里，非常辽阔。在孟浩然的笔下，洞庭湖烟水蒸腾，仿佛沉睡千年的云梦巨泽都从梦中被唤醒，讶叹于洞庭这沸腾的力量。

岳阳城是一座雄城，南朝"侯景之乱"时，叛将侯景水陆并进猛攻岳阳[4]，仍然无法克城，最后终于大败，可见其坚固。如此一座坚城，却被洞庭湖的波澜撼动，足见洞庭的浩荡雄浑。

这一联的力量，在整个唐代描写洞庭的诗里几无对手，仅有后来杜甫的"吴楚东南坼，乾坤日夜浮"可以匹敌。

开元十六年（728），孟浩然即将四十岁。这几年里不断有朋友登科的消息传来：王昌龄中了，储光羲中了，綦毋潜中了，常建也中了……

孟浩然觉得时不我待。这年冬天，他启程前往长安应试。

漫长的秦京道上，他冒着大雪前进。尽管是盛世，但野外的冬天一样寂寥。天空是阴沉沉的，不时有迷途的大雁在盘旋。田野上不见人烟，只有稀稀落落的鹰隼。一路上，孟浩然啃着干粮，默默盘点着自己的技能库：我的诗很好，我的辞赋也很工整，我一直学习很用功，我没有什么理由不中啊。

到达京城后，他专门写了一首《长安早春》[5]，说"何当遂荣擢，归及柳条新"，可谓信心满满。

然而现实却是当头一棒，发榜之时，左等右盼，终究是没有自己的名字。他落第了。

孟浩然为什么考不上，无非三个可能：裁判不公、发挥不好、名额太少。

没发挥好是完全有可能的。当时科举不但要考诗赋，还要考对策，也就是发表对时政问题的看法。孟浩然诗才固然高绝，但未必擅长写应试诗，策论可能也不是他的特长。

此外，由于进士名额极少，一个士子能否高中也存在很大的概率问题，甚至和才华无关。

就在孟浩然应试的开元十七年（729），教育部门的高官国子祭酒杨玚就反映了进士名额太少。杨玚说，近年来天下明经、进士的指标被限制，每次不过百人，实在不够。事实上连"百人"也是虚数，因为国子监、京兆府等大户要瓜分相当一部分指标，留给孟浩然竞争的就更少了。

在这种情况下，考不上是常规，考上才是例外，毕竟不是每个人都是张九龄那样的"考试怪物"。

作为落榜生，孟浩然在长安又耽了一段时间，求了不少门路，争取着最后的机会。

夏天倏忽过去，气候渐渐变凉，孟浩然人生最艰难的一个秋天到了。长安的秋雨是很苦人的，后来杜甫就吃过同样的苦，所谓"长安秋雨十日泥"，杜甫为此还得了肺病。此刻孟浩然也是苦不堪言，外面秋雨连绵，屋子里冰凉湿腻，让他辗转难眠。

他向权贵们投诗，诉说自己的糟糕处境。比如有一首《秦中苦雨思归赠袁左丞贺侍郎》，是写给袁左丞、贺侍郎两个官员的，孟浩然说自己是"用贤遭圣日，羁旅属秋霖"，有才不得用，被困在雨季，并且"二毛催白发，百镒罄黄金"，盘缠已然不够，乃至于"泪忆岘山堕，愁怀湘水深"，想家想得要哭。

这首诗翻译成后来一首流行歌曲就是："大雨狂奔狂飞，带着我的心碎。往事哭瞎我的眼睛，也没有感觉。爱你爱到不能后退，走到哪里都是崩溃。埋葬我的善良纯洁，竟然是你的后悔。"

诗写到这个地步，已近于卖惨乞怜。这袁左丞、贺侍郎不知是何人，多半是孟浩然曾努力去谒求过的，但他们也帮助不了孟浩然。

长安的吃、住、交游都要花钱，中产阶级出身的孟浩然已钱包见底，到了穷困潦倒的地步。也不知是不是被催房租，他无奈在房主墙上写了一首诗：

久废南山田，叨陪东阁贤。

欲随平子去，犹未献甘泉。

枕籍琴书满，襄帷远岫连。
　　　　　qiān

我来如昨日，庭树忽鸣蝉。

促织惊寒女，秋风感长年。

授衣当九月，无褐竟谁怜。

——《题长安主人壁》

诗中说，天越来越冷，自己却连最粗陋的取暖衣物都没有，有谁资助我、同情我呢？怕也是没有。在唐代，写过类似"题长安主人壁"题目的诗人不少，孟浩然是最辛酸的之一。

偶然地，他也有开心和高光的时刻。当时的长安诗风很盛，到处都是文学沙龙，孟浩然也有参加。仅一联"微云淡河汉，疏雨滴梧桐"，就让秘省所有诗人都叹服罢笔。他证明了一件事：只要不在考场，我就是最靓的那一个仔。

抱着微弱的希望，孟浩然又打算向朝廷献赋，以引起注意。当时唐朝有个政策，有才之士可以用投稿献赋的方式自荐，运气好的能得到拔擢，后来杜甫也尝试过这条路。

精心撰写了文章，孟浩然满怀希望地投将进去，却没有回响。

王维等好朋友大概也看不下去了，想要再帮助他一把。于是就有了一个流传很广的故事：王维[6]出大招举荐孟浩然。

故事是这样的：王维把孟浩然带入内廷，让他藏在床底下，见到了玄宗。玄宗也久闻孟浩然的诗名，让他进呈诗歌。孟浩然便吟诵了一首《岁暮归南山》：

> 北阙休上书，南山归敝庐。
> 不才明主弃，多病故人疏。
> 白发催年老，青阳逼岁除。
> 永怀愁不寐，松月夜窗虚。

这首诗是有发牢骚的意味的，特别是"不才明主弃，多病故人疏"两句，意思是：我没有才华，明主也抛弃了我不用；我身体多病，故人也疏远了我。孟浩然犯了一个职场常见的错误：把上级领导误当成了倾诉对象了。他忘记了玄宗压根不是什么知音，而恰恰是被发牢骚的明主本主。

果然，玄宗听到这两句诗后很不高兴，说："卿不求仕，而朕未尝弃卿，奈何诬我！"双方不欢而散，孟浩然失去了破格提拔的机会。人们也为此深深惋惜。

必须说句扫兴的话，故事很有趣，但大概率是后人的附会。

这个故事最早是在晚唐出现的，被记录在唐末五代人王定保的《唐摭言》里。后来宋代的宋祁、欧阳修、范镇等编《新唐书》，也采信了这段材料，使它流传更广。

小时候我对类似的故事都深信不疑，长大后才渐渐明白多半不是真的。皇帝行止处是不大可能藏个大活人在床底下的。"明主"如果发现床底居然藏人，多半不会对不速之客的诗歌艺术感兴趣，只会愤怒于警卫工作如此粗疏，把朕的命当儿戏。

中国古代传说中，其实类似的故事非常多，套路基本都是皇帝突然到来，才子藏身床底。唐代的贾岛、宋代的周邦彦、清代的纪晓岚等都有相似的故事。周邦彦甚至还被传成是藏在李师师的床底，整晚听她和宋徽宗打扑克。

后人为什么要给孟浩然安排这么个故事？怕还是因为惋惜他的怀才不遇，人们希望他好歹能见到唐玄宗，至少，能得到一个明确的拒绝。

京漂的生涯终究无法持续。离开长安时，孟浩然写了一首诗赠给王维，字字句句都是梦想碎裂的声音：

> 寂寂竟何待，朝朝空自归。
> 欲寻芳草去，惜与故人违。
> 当路谁相假，知音世所稀。
> 只应守寂寞，还掩故园扉。
>
> ——《留别王维》

从少年时的踌躇满志，到离京时的怅然若失，孟浩然走完了一个人生的周期。长安之行，他带来的是书生意气，带走的是迷惘和惆怅，当然，还有张九龄、王维们的友谊。

有人说孟浩然太热衷功名，没有前辈陶渊明淡泊，在长安的不体面都是自寻烦恼。这话对孟浩然不公平。陶渊明和孟浩然的不同选择，很大程度上是时代环境造成的，和个人品性并没有什么太大关系。

陶渊明生活的时代东晋后期，是一个不可为之时代，统治阶层极其腐朽，文艺界也昏暗没落。东晋名义上是偏安，但人民并没有安稳日子，北方有强邻威胁，朝堂上门阀权贵互相屠戮，底层还有亡命徒们疯狂的洗劫和屠杀。五斗米道的孙恩造反，就屠戮了会稽地区，婴儿都不能幸免。

这种情况下，士人就算出来做官也是朝不保夕。和陶渊明同时代的大诗人谢灵运、稍晚的大诗人鲍照都死于非命。在这样的黑暗里，陶渊明对仕途看透了、厌倦了，是完全可以理解的。

相比之下，孟浩然所处的是盛唐前期，他主要生活成长在景云、开元年间，此时国力蒸蒸日上，文艺圈也远比东晋开放、繁荣。由于时代的风气是向上的，士子们感觉大有可为，张说、张九龄就是眼前明摆着的例证——张九龄这个老少边穷地区的考生后来竟一路做到了宰相。

在这种风气的感召下，孟浩然自然就会更渴望建功立业，同样是科举，难道王昌龄、王维、张子容考得，我考不得？

把陶渊明放到孟浩然的时代，他或许就会是孟浩然，反之亦然。

离开长安之后，孟浩然的生命进入了一个新的阶段。他开始沉淀、回味自己的痛楚，思考接下来的人生：

> 木落雁南度，北风江上寒。
> 我家襄水曲，遥隔楚云端。
> 乡泪客中尽，孤帆天际看。
> 迷津欲有问，平海夕漫漫。
>
> ——《早寒江上有怀》

这几年间，他开始了新一轮的漫游，北上洛阳，东下吴越，看了钱塘、永嘉、天台的许多山水。

在浙江乐城，他和老朋友张子容重逢了。进士及第后，张子容的景况并不好，被贬了乐城尉，官越做越没意思。这也让孟浩然感到所谓的成功其实别有辛酸。

孟浩然明显变了，他身上多了一种率性、放旷之气，越来越像陶渊明。他开始调侃自己，自称"书剑两无成"，要"扁舟泛湖海，长揖谢公卿"，在山水里寻找快乐。

后来襄州刺史兼山南东道采访使韩朝宗要举荐他，这本是求之不得的机会，孟浩然却和朋友痛饮美酒，耽误了与韩朝宗的约定。有人提醒孟浩然,他却回答:"业已饮矣,身行乐耳,遑恤其他。"喝都喝了,别的也就顾不上了。

中国诗人的创作生命里,有一个最重要的关系,就是和权力的关系。看一个诗人最终能够走多远、境界有多大、成就有多高,某种程度上就看他多大程度上能对抗、消化,乃至超越这种关系。

杜甫的选择是"爱",把对功业的爱推而广之,扩展成对广大人间的爱;李白的选择是"跳脱",你不带我玩那么我也不带你玩,咱去俗世之外寻找更缥缈的终极。而孟浩然的选择,是故乡。

当他踏遍千门、访遍公卿也求证不了我是谁的时候,故乡给了他最踏实的答案:我是个襄阳土人啊。

带着一身风尘回到襄阳,家乡的鹿门山愈发清晰可爱了起来。他重新听见了山寺的钟鸣,见到了人声嘈杂的渔梁渡头。踏着月色,循着当年庞德公的足迹,穿过松树夹道的小径,孟浩然仿佛又回到了少年时无忧无虑的状态。

有一首诗对了解孟浩然非常重要,那就是《仲夏归汉南园寄京邑旧游》。那是他回到家乡之后写给在京城的朋友们的,是一首自陈心迹的诗,写得真诚动人:

> 尝读高士传,最嘉陶徵君。
> 日耽田园趣,自谓羲皇人。
> 余复何为者,栖栖徒问津。

> 中年废丘壑，上国旅风尘。
> 忠欲事明主，孝思侍老亲。
> 归来当炎夏，耕稼不及春。
> 扇枕北窗下，采芝南涧滨。
> 因声谢同列，吾慕颍阳真。

孟浩然说，我曾经读那些古代高士们的事迹，最崇拜陶渊明。[7]而我自己呢？为了名利，惶惶不安，中年的时候抛弃了田园，去追求名位，困顿风尘。和陶渊明的超然、淡泊相比，我是多么庸俗啊。诚然，我有尽忠事主、建功立业的志向，但回归田园侍奉亲人，不也是我追求的吗？现在我回来了，也要像陶渊明一样，在北窗之下安卧，在南涧旁采摘兰草，这才是我如今向往的生活啊。

人生末段，孟浩然选择了重隐鹿门，不但人隐了，心也隐了。

他为家乡写了许多诗，在岘山、鹿门都有佳作，这导致选诗也非常难，不知道该选哪一首。经过考虑，还是选择了这一首《秋登万山寄张五》，是他在襄阳城北万山[8]上写的：

> 北山白云里，隐者自怡悦。
> 相望试登高，心随雁飞灭。
> 愁因薄暮起，兴是清秋发。

>时见归村人，沙行渡头歇。
>天边树若荠，江畔洲如月。
>何当载酒来，共醉重阳节。

这是一个真正开心的孟浩然。"隐者自怡悦"在这里不是安慰剂，是真的心安理得。时代把他像投石一样抛掷到不属于自己的远方，他耗费了半生，终于归来了。

之前我们曾说张九龄是通过《感遇》诗成为完全体的，而孟浩然作为诗人，进化成为究极完全体，则是通过这一首《过故人庄》：

>故人具鸡黍，邀我至田家。
>绿树村边合，青山郭外斜。
>开轩面场圃，把酒话桑麻。
>待到重阳日，还来就菊花。

很多朋友不知道这首诗好在哪里，觉得它平平无奇。用闻一多的话说，这是一首"淡到看不见诗"的诗。这是中国士人的大隐之歌，完完全全地返璞归真，没有了一切的花巧、炫技，甚至都没有了率性和疏狂，唯有一片天真自然，但又偏偏意象缤纷、趣味丰足。

有唐一代许多人写田园诗，写来都像是田园里的客人，孟浩然这首诗却读来便是山中人、村中人。马茂元、赵昌平《唐诗三百首新编》中有一句非常到位的评点："学陶到了此境，才算得了真谛。"你已经分不清这是陶渊明，还是孟浩然。

武侠小说里，东邪黄药师曾称赞老顽童周伯通说："你当真了不起。我黄老邪对'名'淡泊，一灯大师视'名'为虚幻，只有你，却心中空空荡荡，本来便不存'名'之一念，可又比我们高出一筹了。"孟浩然《过故人庄》，就是隐到了已经没有隐者，只有生活本身。它是写给所有人的，每一个人，无论隐者还是仕者，都会想到故人的庄园，那一桌鸡黍丰足的好饭，点亮一片虽不能至但心向往之的梦中田园。

开元二十五年（737），张九龄南下任荆州大都督府长史，治所离襄阳不远。他想起了孟浩然，特意聘其为从事。孟浩然欣然赴任，陪张九龄一起祭祀、游猎、登山、看雪。

这时的孟浩然已经不是为了仕进，更多的只是陪陪老领导、老朋友。一年后，孟浩然辞去从事职务，又回了襄阳家乡，再也没有离开。

同时代人描写孟浩然的诗歌很多，流传最广的是李白的《赠孟浩然》，这是一个狂士对一个隐士的颂歌：

吾爱孟夫子，风流天下闻。

红颜弃轩冕,白首卧松云。

醉月频中圣,迷花不事君。

高山安可仰,徒此揖清芬。

注释

〔1〕 据唐王士源《孟浩然集序》:"孟浩然……闲游秘省,秋月新霁,诸英华赋诗作会,浩然句曰:'微云淡河汉,疏雨滴梧桐。'举坐嗟其清绝,咸阁笔不复为继。丞相范阳张九龄、侍御史京兆王维、尚书侍郎河东裴朏、范阳卢僎、大理评事河东裴总、华阴太守郑倩之、守河南独孤策,率以浩然为忘形之交。"王士源是孟浩然同时代人,所说可信度颇高,张九龄在长安结识孟浩然,应该没有太大问题,但至于是不是在秘省诗会上见面,众说不一。

〔2〕 据《新唐书·孟浩然传》载,王维曾为孟浩然画像于亭内,此亭因而名浩然亭。有见过此画像的称:"襄阳(孟浩然)之状,颀而长,峭而瘦,衣白袍……风仪落落,凛然如生。"孟浩然同时代的仰慕者王士源也称他"骨貌淑清,风神散朗",看来他气质清癯应该不假。

〔3〕 孟浩然这首诗中的"张丞相"到底是张说还是张九龄,历来说法不一、聚讼纷纭,在此不一一援引。个人倾向于是张说。假如是张九龄,那么诗歌的创作年代必然更晚,孟浩然后期已甚为淡泊,心态和这首诗不合。此外,张九龄并没有在岳阳任过职,孟浩然倘若对着洞庭湖给不相干的张九龄写诗,显得也太牵强做作,而张说曾任岳州刺史,孟浩然投洞庭湖诗给他,顺理成章。

〔4〕 时称巴陵。

〔5〕 一说是张子容诗。

〔6〕 一说张说。

〔7〕 有注家说此处"高士传"指晋代皇甫谧所撰《高士传》,但现在流传的

《高士传》里并没有陶渊明。所以此处只理解为泛称,指孟浩然读了许多古代高士的事迹。

〔8〕 一说此诗写于蜀地的兰山。李景白先生《孟浩然诗集校注》认为,孟浩然虽然曾入蜀游历,但行踪未到兰山。诗中称"北山白云里",万山在襄阳之北,符合"北山"说法。个人认为,从诗意上看,其安闲、悠然状态更像是在家乡写的,诗中对景物表现出亲切熟识的状态,也不像是远行旅途中所作。故此处仍作"万山"。

没有我,你们开不了场

现在,盛唐前期的诗坛已经登场了两位巨擘:张九龄、孟浩然。好比武林大会,聚义堂上,烛焰飘摇、香烟馥郁,大幕已然拉开,两位江湖大佬已在前台从容就座。

然而仪式却迟迟不开场,因为还空着一把椅子,代表着仍有一位重要人物未到。

不少追星族都是来瞻仰这位神秘人物的,纷纷伸长了脖子等待,其中有个年轻人叫高适,也在人群里候着。

"季凌何时能到?"台上张九龄问。旁人都摇头:"他喜爱周游天下,如神龙见首不见尾,忽而凉州,忽而蓟北,游踪难觅啊。"

张九龄微笑:"那便再等等吧,缺了他,我们开不了场啊!"

这位神秘又不可或缺的人物,叫作王之涣。

关于王之涣,我们从一座著名的古代楼阁——鹳雀楼说起。

毕竟，千百年来，他的名字已经和鹳雀楼联系在了一起，不可分割。

鹳雀楼落成于北周，是当时的权臣宇文护所建。它耸立在山西蒲州城西门外，一共三层，楼对面是中条山，楼前横着滚滚黄河，蔚为壮观。

到了唐代，士人们作诗成风，天下楼台殿阁无不被题写诗句，鹳雀楼上也是才子云集，诗人们纷纷题留，还要比赛谁写得好，有点像武林中的华山论剑。

然则后人品评，唐代二百余年间的无数鹳雀楼诗作之中，最好的不过三首。

第一首的作者名叫李益。或许你对此人不熟，但没有关系，后续书中会专门说到。

李益登上了鹳雀楼，眺望苍山大河，感慨万端，于是挥毫泼墨，写下了八句诗：

> 鹳雀楼西百尺樯，汀洲云树共茫茫。
> 汉家箫鼓空流水，魏国山河半夕阳。
> 事去千年犹恨速，愁来一日即为长。
> 风烟并是思归望，远目非春亦自伤。
>
> ——《同崔邠登鹳雀楼》

看着那挥洒淋漓的墨渍,李益嘴边浮现出了微笑。他知道,这首诗会流芳千古。

果然,人们争相传诵:好,真好!一首诗写出了寥廓江天,叹尽了古今茫茫,真不愧是高手。

然而这首诗虽然跻身《鹳雀楼》三甲,却远非第一。这不怪李益,只怪唐代的优秀诗人实在太多了。

另一个诗人来到了鹳雀楼,他叫畅当。此公也写下了一首诗,只有四句[1]:

> 迥临飞鸟上,高出世尘间。
> 天势围平野,河流入断山。

虽然只有短短二十个字,但格局开阔、气象孤清,有一种意高神远、俯瞰万物的格调。它不但被许多人认为压过了李益那首,更是让成百上千鹳雀楼上的诗人都低首叹服。

但这仍不是鹳雀楼上诞生的最好作品,因为还有一个诗人曾来过此地,那便是王之涣。

某一年,他飘然而至,留下了那一首《登鹳雀楼》:

> 白日依山尽,黄河入海流。
> 欲穷千里目,更上一层楼。

这首小诗,乍一看是那么亲切平和,没有一个生僻字,句句都平易好懂,一年级的小学生几乎都能不费力地读下来。

但就是这简简单单二十个常用字的组合,却达到了极致的艺术效果,其中每一个字都无法替换、不能变易,它们像是从天上坠落的二十粒星,恰到好处地拼缀成了一首诗;又好比武侠小说里,乔峰用最质朴无华的一套"太祖长拳",打出了绝顶高妙的境界。

"白日依山尽",那太阳仿佛是怀着眷恋的,是依依不舍的;"黄河入海流",则又是决绝的,是无可挽留的、一去不回的。它们合起来,就是轮回,是永恒,是自然。

"欲穷千里目",面对这壮美景象,诗人是何等珍惜眼前此刻啊,大自然是没有所谓"此时此刻"的概念的,天地宇宙也是不会眷恋此时此刻的,唯独人心才有。纵然明知道光阴弹指、生命短促,诗人仍要"穷千里目",想看多一眼、看远一点,想去寻求更高远的境界,看到更广阔的风景,要在这周而复始的永恒中寻到意义。所以他"更上一层楼",神采焕发,继续向上去攀登。

这首小诗,意象高蹈,壮阔无垠,满蕴哲理,还包含着一股豪情。这就是盛唐的气象,就是盛唐一代才子王之涣的胸襟。

所以它一经诞生就迅速被传唱,到今天已成了无数人生命中学会的第一首唐诗。

可惜的是，对于王之涣本人的生平，我们知道得却极少。

对比一下，终身布衣的孟浩然已经算是记载很少的了，其生平在《旧唐书·文苑传》中不过四十来个字。王之涣却资料更少，两唐书都没有传，其余记载也是寥寥。

现代人对王之涣生平的了解，几乎全来源于一方偶然得到的墓志。

二十世纪三十年代，洛阳地区盗墓成风，仅北邙一带就有大量墓志要抢救。其中，金石学家李根源以银洋二千元购买了唐代墓志九十三方，重达数十吨，他托关系租到一个车皮运到苏州，和章太炎等一起研究。

他们发现其中有一块墓志名为《唐故文安郡文安县尉太原王府君墓志铭并序》，上存五百四十五字，文中有这样一段形容墓主"王府君"的话：

> 慷慨有大略，倜傥有异才。尝或歌从军，吟出塞，皦兮极关山明月之思，萧兮得易水寒风之声，传乎乐章，布在人口。

写得很明白，这位墓主歌从军、出塞，作品居然风行一时、脍炙人口。盛唐之初，哪一位"王府君"能当得这样的评价？研究者惊讶地发现，此人正是大诗人王之涣。

通过这篇墓志，王之涣生平的部分谜团才幸运地被揭开。

王之涣，字季凌，其名与字应当都出于《老子》："涣兮其若凌释。"因为他是家里第四子，按孟、仲、叔、季排行，故此称"季"。

他是山西人，祖上原籍晋阳，属于显赫的太原王氏。他的六世祖王隆之曾经做过绛州刺史，一家人也就移居绛州。后来家族光环渐渐黯淡，官越做越小。他的祖父王德表曾做过瀛州文安县令。文安这个地方和王之涣有缘，多年之后他自己也去了文安工作。

少年时的王之涣和陈子昂、李白很像，"击剑悲歌，从禽纵酒"，说好听点是游侠，说难听点就是提笼架鸟当街溜子。长大成人之后，仿佛灵魂里某种东西忽然被唤醒，王之涣开始攻读诗书，文才大进。

他曾做过冀州衡水县主簿，还娶了县令的女儿做夫人，从这一点看得出他多半是个上进有为的青年，否则老板也不能把女儿嫁他。后来他遭人谗毁，辞官而去，从此优游青山，行遍四方，足迹所至，遍及西北和东北边塞，最远曾到达玉门关和蓟北，写了许多诗歌。墓志铭中说他"歌从军，吟出塞……传乎乐章，布在人口"，正是他的真实写照。

五十四岁那年，王之涣又补了文安县尉，那是他祖父曾经工作的地方。就在同一年，他因病在任上去世，结束了倜傥传奇的一生。

关于王之涣,后世还留下了一些传说。在衡水的宝云寺有一大丛马兰,传说是青年王之涣亲手栽种。还有传闻说这丛花草是张九龄送给他的。

又有故事说,王之涣在文安县工作时明察秋毫,曾经通过"审狗"破获了一起命案。

但在关于他的所有传奇故事里,最有名的就是"旗亭画壁"[2]。根据唐朝人薛用弱《集异记》的记载,故事是这样的:

长安某日,天下着小雪,王之涣和两个朋友高适、王昌龄一起在酒楼畅饮。这两位朋友都已是名动一时的大诗人。

推杯换盏之间,只见裙裾飞动,来了几个美丽的梨园女子,奏乐唱曲。她们唱的都是当时最流行的诗,相当于如今的流行金曲。

有个段子说,男人之间总爱争一个无聊的"算你厉害"。王昌龄便是这样。他主动挑起了战斗,说:"我们三个都很有诗名,不如今天比一比,这些歌女唱我们谁的诗最多,就算谁最厉害。"另外两人都没有意见。一段千古佳话就此开场。

一个歌女首先唱:

寒雨连江夜入吴,平明送客楚山孤。
洛阳亲友如相问,一片冰心在玉壶。

王昌龄微笑起来，伸指在墙壁上画了一道："我一首了。"
又一个歌女唱道：

> 开箧泪沾臆，见君前日书。
> 夜台何寂寞，犹是子云居。

高适也伸指画壁："我也一首了。"王之涣却只淡定地微笑着，虽然落后，并不慌张。
又一歌女开口唱了，是王昌龄的一首绝句：

> 奉帚平明金殿开，且将团扇共徘徊。
> 玉颜不及寒鸦色，犹带昭阳日影来。

王昌龄得意洋洋地提醒王之涣："季凌兄，我已经两首了，你还没开和啊。"

一直很安静的王之涣终于表态了。他说，刚才这几个歌女品位不高、气质不好，她们唱的曲子怎么能算数呢？他伸手指向最美丽的一个歌女，说："如果她唱的不是我的诗，我就认输。如果她唱了我的诗，那你们就拜在我座下，认我当老大吧。"

终于轮到这个最美丽的女子唱了。众人都屏住呼吸、瞪大了眼，但见女子檀口张开，唱的是：

黄河远上白云间，一片孤城万仞山，
羌笛何须怨杨柳，春风不度玉门关。

现场一片寂静。王之涣回过头来，微笑地看着王昌龄和高适。这首诗正是他的不朽名篇《凉州词》。

我们不知道王昌龄和高适有没有当场下拜认老大。但这首《凉州词》胜出毫不意外，它确实是脍炙人口、享誉千古。

后世的批评家们曾经争论过哪首绝句是唐朝第一。明朝的文坛宗主李攀龙说，要数王昌龄的"秦时明月汉时关"。后来的王世贞则说，是王翰的"葡萄美酒夜光杯"最好。

清代的才子王士祯不服。他选了四首诗，推为最佳。其一是王维的"渭城朝雨浥轻尘"，其二是李白的"朝辞白帝彩云间"，其三是王昌龄的"奉帚平明金殿开"，而第四首就是王之涣的"黄河远上白云间"。

在后世，王之涣还有一个崇拜者章太炎。他也最爱这首《凉州词》，给了四字评价：绝句之最。

其实，王之涣不但对于我们是一个神秘的存在，对于同时代的诗人来说也是挺神秘的。

高适一直崇敬王之涣。他比王之涣小十六岁，两人算是忘年之交。有一年，高适正在燕赵之地漫游，听说王之涣在蓟门，便兴冲冲地去找他喝酒论诗，因为他们已经十年没见了。

一路顶风冒雪地赶到,四下打听,却怎么也找不到王之涣,或许他已经去远游了。高适惆怅无比,写下了一首诗:

> 适远登蓟丘,兹晨独搔屑。
> 贤交不可见,吾愿终难说。
> 迢递千里游,羁离十年别。
> 才华仰清兴,功业嗟芳节。
> 旷荡阻云海,萧条带风雪。
> 逢时事多谬,失路心弥折。
>
> ——《蓟门不遇王之涣、郭密之,因以留赠》

意思是:这贤能的朋友啊,终于是不能见到了;我那小小的心愿,也毕竟难以实现。走吧,走吧,什么也不多说了,那思念的心,已让我忧愁欲绝。

王之涣生平作品应该不少,但遗憾的是到今天只留下来六首诗。[3] 即便把记在他名下的有争议的都算上,也不过十九首。[4]

他在世的时候,作品"传乎乐章,布在人口",可惜大多数都已亡佚。后世人每当想起此事,也会产生和高适一样的惆怅吧。

由于存世诗文数量太少,今天我们要研究他都很难——他的风格到底是什么样的?其余作品的水平究竟如何?除了边塞诗,他还爱写什么题材?更擅长五言还是七言?这都成了谜。

不过，即便是这仅剩下的六首诗，也多有精品。《登鹳雀楼》和《凉州词》前面已经说了，再来看一首《送别》。

在唐代，"送别"几乎是最难写的题目之一。王之涣之前，不知道多少才子都写过送别佳作。初唐时，王勃已经写出了"海内存知己，天涯若比邻"，杨炯写出了"送君还旧府，明月满前川"，和王之涣同时代的李颀也写出了："朝闻游子唱离歌，昨夜微霜初渡河。鸿雁不堪愁里听，云山况是客中过。"送别诗还能写出新意吗？

但王之涣却真的写出来了：

> 杨柳东门树，青青夹御河。
> 近来攀折苦，应为别离多。
>
> ——《送别》

这首王之涣版本的送别诗，清新又自然，尤其关于一个"苦"字，真是神奇的笔法：诗人故意不写离别的人苦，却写杨柳很苦，因为离别的人实在太多了、惆怅太深了，所以杨柳才苦于被攀折太多。

连杨柳都苦不胜情，又何况是离别的人呢？

他这首诗的影响力很大，后来李白把它的意思进行了延伸，写成了另一首送别名作《劳劳亭》：

天下伤心处，劳劳送客亭。

春风知别苦，不遣柳条青。

李白也是说"苦"：因为春风觉得人们的离别太苦，所以不忍心让柳条变青。柳条一青，就代表着人们要分离。这很有可能是从王之涣的诗里化出来的。

你看王之涣这个人，哪怕只保留下六首诗，其中就有唐诗里最好的五言绝句之一，最好的七言绝句之一，最好的送别诗之一。如果没有这几首诗，盛唐的天空都会减色不少。

我们不妨在惋惜中告慰自己：季凌先生能留下六首诗，已经够了。我们已经不能要求太多。

注释

〔1〕 这首《登鹳雀楼》一说原本有八句,另外四句今天仍有留存。但经过千百年流传,大家都接受了四句的版本,觉得它更有味道。它的作者一说是畅诸。

〔2〕 "旗亭画壁"故事脍炙人口,但真实性有待商榷。比如画壁时出现的"寒雨连江夜入吴"一诗,王昌龄作于天宝二年(743),等传唱到歌女处时必然更晚。而王之涣逝世于天宝元年(742),在这首诗诞生之前。

〔3〕 糜果才《王之涣传》设想了一个很有趣的故事:王之涣姨表兄为其编诗文集时,吃了香酥鸡,鸡骨放在灯旁,被野猫来偷食,打翻了油灯,把诗稿烧毁了。后来其姨表兄为此精神失常。

〔4〕 《全唐诗》中王之涣仅存诗六首。五代后蜀韦縠编《才调集》,收录王之涣《惆怅诗》十二首,《悼亡》一首。如果算上这十三首,则为十九首。但《才调集》中所录王之涣诗有争议。王士祯称:"《才调集》载王之涣《惆怅词》,容斋因之。无论其诗气格迥异,而之涣开元时人,乃预咏霍小玉、崔莺莺事,岂非千古笑柄。按《惆怅词》乃王涣所作,涣字群吉,晚唐人,诗载计敏夫《纪事》,今正之。"

诗家险地：从庐山瀑布到洞庭湖

上文我们说到唐诗中的一桩盛事——鹳雀楼之争，多少年来无数诗人登楼作诗，都被李益、畅当、王之涣压倒，而前两者又难以和王之涣《登鹳雀楼》争衡。

你或许已经发现，唐诗里，有几个题材是不能轻易触碰的，因为竞争太激烈、佳作太多，尤其是被盛唐诗人写过之后，标准太高，稍有不慎就要坠坑。除了鹳雀楼，这样的"诗家险地"还有不少。

其中一个就是庐山瀑布。

瀑布原本并不难写，之所以成为烫手山芋，很大程度便是因为李白：

> 日照香炉生紫烟，遥看瀑布挂前川。
> 飞流直下三千尺，疑是银河落九天。
>
> ——《望庐山瀑布》

李白这一首绝句,因为境界飘逸、想象神奇,成为瀑布诗里再不能复制的名篇。事实上李白《望庐山瀑布》诗共有两首,除了这首七言绝句,还有一首五言古体诗,里面也有名句:"仰观势转雄,壮哉造化功。海风吹不断,江月照还空。"后人称它"磊落清壮",同样不可多得。

有李白的诗在,旁人再吟咏庐山瀑布都承受了巨大压力,一不小心就把自己搭上去了。中唐有位叫徐凝的诗人便不信邪,勇敢尝试了一次:

> 虚空落泉千仞直,雷奔入江不暂息。
> 今古长如白练飞,一条界破青山色。
>
> ——《庐山瀑布》

徐凝很自信,后果很严重。后来苏东坡游览庐山,偶然读到了这首诗,不觉失笑,诌了一首打油诗来嘲弄徐凝:"帝遣银河一派垂,古来惟有谪仙辞。飞流溅沫知多少,不与徐凝洗恶诗。"意为徐凝的诗太差劲了,即便庐山瀑布流水不绝,却也不帮着他洗清他的恶诗。从此徐凝就被挂起来了。

平心而论,徐凝此人作诗还是颇有造诣的,[1]他的瀑布诗也算不上太差劲,不声不响放在集子里谁也不会注意。怎奈他写的偏偏是庐山瀑布,和李白同题竞争,就被苏东坡盯上了,拉出来一直示众到今天。

那么，有没有写庐山瀑布平稳过关的呢？张九龄是一个，因为诗着实不错，写的年代也早于李白，所以得到了较好的评价，后世无人挑事。

看张九龄的《湖口望庐山瀑布泉》：

> 万丈洪泉落，迢迢半紫氛。
> 奔流下杂树，洒落出重云。
> 日照虹霓似，天清风雨闻。
> 灵山多秀色，空水共氤氲。

雄伟的水流从万丈高空落下，伴随着紫气氤氲。这水流，它在植被中穿行，又从重重云雾间洒落。阳光照耀下，它缤纷绚丽得像虹霓一样，哪怕在晴朗的天气里，也让人有风雨大作之感。这庐山是何等秀美啊，且看这水气、这烟云。

这首诗很工整，但又并不板滞。在比喻上，它没有去刻意地追求奇特，但是刻画很精细，诗意也很流动。甚至有研究者认为，这首诗能和李白"海风吹不断，江月照还空"的瀑布诗比肩。[2] 和徐凝相比，这境遇是好得多了。

除了庐山瀑布，另一个不能轻易写的是洞庭湖。[3]

洞庭湖是一个太古老的题目。中国诗歌的第一位大神屈原就写过：

> 袅袅兮秋风，洞庭波兮木叶下。
>
> ——《九歌·湘夫人》

在唐代，洞庭让人更加难以动笔，因为盛唐两位诗人孟浩然、杜甫都写过洞庭，并且写得太精彩了。先出手的是孟浩然，他的一联"气蒸云梦泽，波撼岳阳城"，可谓壮绝千古。

孟浩然这一首诗，本已足够让后世诗人搁笔了，然而稍晚的杜甫又作了一首，更是把洞庭湖诗的竞争烈度推到无以复加：

> 昔闻洞庭水，今上岳阳楼。
> 吴楚东南坼，乾坤日夜浮。
> 亲朋无一字，老病有孤舟。
> 戎马关山北，凭轩涕泗流。
>
> ——《登岳阳楼》

如果说还有哪一联能在气魄上敌得住"气蒸云梦泽，波撼岳阳城"，那么便是"吴楚东南坼，乾坤日夜浮"了。

杜甫的笔下，洞庭湖能横坼吴楚大地，能浮起日月乾坤，这其实不是洞庭湖的波澜浮起来的，而是杜甫的心胸浮起来的。因而宋代人胡仔才感叹："不知少陵（杜甫）胸中吞几云梦也！"

一孟一杜这两位巨人的诗篇问世，洞庭湖真正成了诗家险地。宋元时期的学者方回在著作《瀛奎律髓》里说：

> 尝登岳阳楼，左序毯门壁间大书孟诗，右书杜诗，后人不敢复题。

试想一下，在岳阳楼上，左边挂着孟浩然，右边挂着杜甫，谁还敢下笔呢？君不见徐凝还正被吊着没放下来呢！

胆儿壮的却也不是没有。在距孟浩然、杜甫稍晚些的大历年间，有一位诗人叫刘长卿，他就挑战了洞庭湖诗。

刘长卿此人一向狂傲。唐代笔记《云溪友议》曾记载，这人每次题诗从不写自家姓氏，只署"长卿"二字，自负海内知名、无人不晓。因为擅长写五言诗，刘长卿还自号"五言长城"。

一个诗人，在唐代竟敢自号"五言长城"行走江湖，居然还能得善终，倒也足见其实力。许多人都熟悉的《逢雪宿芙蓉山主人》就是他的作品："日暮苍山远，天寒白屋贫。柴门闻犬吠，风雪夜归人。"

在洞庭湖，艺高胆大的刘长卿出手了，要以五言诗硬撼孟浩然、杜甫：

万古巴丘戍，平湖此望长。
问人何淼淼，愁暮更苍苍。
叠浪浮元气，中流没太阳。
孤舟有归客，早晚达潇湘。

——《岳阳馆中望洞庭湖》

其中一联"叠浪浮元气，中流没太阳"，明显是奔着杜甫"吴楚东南坼，乾坤日夜浮"去的，也算得雄壮，勇气可嘉。整首诗给人的感觉，就像举重运动员挑战极限，举是硬举起来了，但腰板不直，手臂略颤，稍显吃力。

这首诗发表后，既不出名，也未出丑，刘长卿算是全身而退。后来方回就说"世不甚传，他可知也"，意思是连"五言长城"都不成，其余人写洞庭湖的遭遇可想而知。当然了，方回比苏东坡厚道，没有直接挂个"恶诗"鞭打。

叙述完庐山瀑布和洞庭湖的艰险，在唐诗中还有一个极难的诗题，是诗人的千古至爱，也是千古难关——月亮。

和瀑布、湖泊相比，月亮可说抬头就能看见，引人瞩目得多，写的人也多。它成为极其难写的题材也就很好理解。

前作《唐诗寒武纪》里便曾讲过初唐上官仪的《入朝洛堤步月》：

> 脉脉广川流,驱马历长洲。
> 鹊飞山月曙,蝉噪野风秋。

以及王勃《江亭月夜送别》:

> 乱烟笼碧砌,飞月向南端。
> 寂寂离亭掩,江山此夜寒。

两首写月亮的诗,各擅风流,上官仪精致雍容,王勃典雅俊秀,都是初唐的月下名篇。

迈入盛唐,孟浩然《宿建德江》更出新意,写出了一种极其淡远又孤寂的月下意境:

> 移舟泊烟渚,日暮客愁新。
> 野旷天低树,江清月近人。

最后,且让我们的目光定格在开元年间[4]的某一个夜晚,张九龄的笔下。

已经无法确考究竟是在洪州,还是在荆州。总之那一夜,月光皎洁、朗润动人,张九龄心有所感,写下了千古名篇《望月怀远》:

> 海上生明月，天涯共此时。
> 情人怨遥夜，竟夕起相思。
> 灭烛怜光满，披衣觉露滋。
> 不堪盈手赠，还寝梦佳期。

一首诗歌，当它至臻至美，达到了极其高的艺术境界之后，就已经不用赏析、不用诠释了，这与一首至美的乐曲、一幅至美的画是一样的，它本身已经是情感的超导体。就好像"海上生明月，天涯共此时"，不用解释，你只要吟诵一遍，自然就能得到美的享受和震撼。

挑剔这一首诗的话语很多，赞美这一首诗的话语更多，这里不再赘言。只简略说一点，我觉得这是一首精灵般的诗，是消失了一切身份、阶级、性别、人生际遇的诗，是纯净到只有爱和美的诗。

但凡是唐诗，哪怕佳作，往往都是会写进去个人的生命际遇的，这并不是什么缺点，甚至越好的作者就越能融入自己的情感和人生际遇。

杜甫写月亮，"星垂平野阔，月涌大江流"，刚健壮阔极了，但接下来是"名岂文章著，官应老病休"，是个人的生命际遇；王勃写思念，"海内存知己，天涯若比邻"，豪迈豁达极了，但诗中一样有"与君离别意，同是宦游人"，同样少不了个人的生命际遇。

重申一遍，这并不是缺点，有时反而是优点，显得诗歌有人间气，让抒情更有根脚。

然而《望月怀远》却不同，它纯净到了抽象的地步。

张九龄一生的诗，都是某种意义上的"职场诗"，总有一种和任免升迁挂钩的干部气，《望月怀远》却没有。这首诗没有干部气、没有贬谪气，只是单纯的思念，思念是唯一的主角，也是唯一的客体。站在明月之下的这个人，他是男人还是女人，是老人还是少年，是仕宦还是布衣，是贤士还是弄臣，乃至是张九龄还是李林甫、安禄山，都不重要；他思念的"情人"，是异性还是同性，是友人还是兄弟，是君王还是妇孺，也都不重要。

"灭烛怜光满"，那月光太满了、太耀眼了，已经溶化掉了一切一切的社会身份和性别差异，溶化掉了人类五花八门的亲情、友情、爱情等所有情感之间的差异，只剩下被萃取、提纯的一个共性的"相思"，一种极度浓缩、极度抽象的思念，一种人类心灵所共有的东西。

它适用于李白思念乘舟远去的阿倍仲麻吕，适用于杜甫在沦陷中思念鄜(fū)州的太太和孩子，适用于李煜或波斯王子俾路斯思念故国，也适用于非洲一个俾格米人思念雨林中战死的亲友，或者是一个因纽特妇女思念走入冰雪去捕猎的丈夫。

诗和诗是不同的。有的诗是助燃式的，有的诗是催眠式的，有的诗是唤醒式的。而《望月怀远》就是唤醒式的。

你读"欲穷千里目,更上一层楼"或者"海日生残夜,江春入旧年"的时候,你不大可能会想起某个具体的人。但你读到"海上生明月,天涯共此时"的时候,你多半会想到一个人,一个甚至你都以为早已经忘掉的、遗失在了记忆的光锥之外的人。

读着《望月怀远》,不自禁地会想到王湾的《次北固山下》。

"海上生明月,天涯共此时",与"海日生残夜,江春入旧年",是那么合榫,就像盛唐前期的日月双璧。

诗家险地,其实也是胜地。当盛唐诗人们一抬头,都能看见这日月,提示着他们这是最好的年华。

注释

〔1〕 名句"天下三分明月夜,二分无赖是扬州"便是徐凝手笔,传唱不衰。

〔2〕 清代的批评家沈德潜说:"此诗正足相敌(太白瀑布诗)。"清代胡本渊也说"清思健笔,足与太白相敌",并且还特意选出这首诗来供人学诗入门时研读。

〔3〕 郑谷《卷末偶题》云:"七岁侍行湖外去,岳阳楼上敢题诗。"这也恰恰说明在岳阳楼上题诗是需要很大勇气的。

〔4〕 熊飞《张九龄集校注》将此诗系于开元四年(716)秋张九龄辞官后不久。这一次辞官的主要原因是和宰相姚崇关系紧张。也有注家将此诗系于开元二十四年(736)张九龄被罢相后。

抓住那个王翰

> 人生百年夜将半,对酒长歌莫长叹。
>
> ——王翰

"出事了,出事了!在吏部东街!"

唐玄宗先天二年(713),一个清晨,长安城忽然喧闹起来,疯传吏部东街出了大事。几乎每个人都在急切地问一个问题:

谁是王翰?

原来,是个叫王翰的狂徒搞了个"海内文士排行榜",公然张贴在吏部东街,也就是长安承天门南的尚书省左近。[1] 榜文将当世一百多文士划分成九等,最高的第一等里除张说、李邕两位名士外,赫然还有一个就是王翰,一个二十多岁的小年轻。

这一下可炸了锅,"观者万计,莫不切齿",大伙纷纷怒骂:"如此自夸,好不要脸!"

本篇,我们便来认识一下这位让长安士人"莫不切齿"的王翰。

王翰,并州晋阳人,景云元年(710)进士。他是个天生就贪玩又不安分的人,倘若用现在的说法,就是"顽主"。

他出身河东王氏,乃是望族之后,家里特别有钱。盛唐大诗人里穷鬼很多,杜甫、高适、祖咏等都曾穷过。孟浩然算是中产阶级,但在长安也狠狠过了段穷日子。王翰这辈子却几乎一天都没有穷过,这也成了他任性爱玩的本钱。

他家常蓄有名马和妓乐,平时正事不干,专爱结交豪侠、饮酒作乐,还"发言立意,自比王侯",老瞧不上同辈人,导致"人多嫉之"。

前文所说"海内文士排行榜",这种事儿王维、高适、杜甫都是干不出来的。李白性格倒比较符合,却绝不会耐烦去做这种水磨工夫。这事儿就只有王翰干得出来,唯有他才会这样兴致勃勃、煞有介事地去搞一个上百人的"榜"。

这种狂狷之人,想要被主流接受,是极度依赖环境的,必须要遇到极赏识、包容他的人和不拘一格的氛围才行。

几千年古代历史上,这样的时代为数不多,而王翰恰恰遇到了,那就是开元年间的盛唐,以及一个同样有个性的人——张说。

之前,并州长史张嘉贞就很欣赏王翰,给予礼遇,摆席招待。王翰毫不见外,就在席上自唱自舞,神气豪迈。后来张嘉贞调走了,张说来做并州长史,又很器重王翰,觉得这小子高调放旷、不拘一格的脾性很对自己胃口。

一任领导喜欢他是运气,前后两任都喜欢他,那就是时代风气的原因了。

开元九年(721),张说第二次拜相,王翰被举荐入朝任秘书正字,又擢驾部员外郎,用今天的话说便是风口上的猪般飞了起来。后来有人认为王翰曾经出塞,就是在驾部员外郎任上。张说门下有个特点就是才子多,王翰很快和张九龄、贺知章交往在了一起,吟诗作文,更加愉快。

或许就是这一段时间,他写出了传唱千古的《凉州词》:[2]

> 葡萄美酒夜光杯,欲饮琵琶马上催。
> 醉卧沙场君莫笑,古来征战几人回?

战云纵横的边关,琵琶声声急鸣,慷慨的勇士举起夜光杯,将鲜血一般的美酒饮尽。

这酸涩又隐带着甘甜的美酒,或许淋漓到了胸前、胡须上,勇士随手揩抹,醉意更浓。倘若今番倒在沙场上,也必定是醉着死的吧?可别嘲笑我,且看古往今来的无数征战,"去时三十万,独自还长安",有几个人能回来呢?

"醉卧沙场君莫笑",劝你莫笑,但其实是勇士的自嘲、自笑。这是悲壮之笑,因为明知一去多半不回;亦是豪迈豁达之笑,生死关头,还有闲情逸致痛饮,死亡只视如一场大醉。

这首诗有高度的浓缩性，王翰并没有写具体年代，千百年来边关上无数老将、少年、健儿、猛士，他们最意气飞扬的时刻，都被浓缩在这酣卧沙场的一醉之中。

然而正如前文所说，王翰这种人，需要的生存条件是十分苛刻的，一旦环境变化，他的命运就会逆转。

数年之后，张说被罢相，还一度身陷囹圄。失去了保护的王翰立刻被贬，先迁为汝州长史，又改为仙州别驾。

历来被贬官的都是消沉低落，王维、王昌龄等莫不如此。然而王翰却得其所哉，照样潇洒玩乐。在汝州，他和另一个狂人凑到一块儿了，就是诗人祖咏。

如果说王翰是武狂，祖咏就是文狂。此人长居汝州，一贯恃才傲物。他有个咏雪的轶事，可见其狂：科举考场上，诗歌的考题是《终南望馀雪》，本来要求写六韵十二句，共六十个字。祖咏只写了四句就交卷了：

终南阴岭秀，积雪浮云端。

林表明霁色，城中增暮寒。

主考官诘问为何不写完，祖咏答了非常炫酷的两个字：意尽。

还有一件事也是让祖咏的狂出了名的。当时考进士要在尚书省唱名，落第的便散去。祖咏却吟道："落去他，两两三三戴帽子,日暮祖侯吟一声,长安竹柏皆枯死!"意谓我不是针对谁,你们各位都是废物,待祖爷一开口要震动长安。这一次拉来的仇恨绝不比王翰的"海内文士排行榜"少。

祖咏这性格和王翰恰好是一对。两人在汝州一见如故,经常吃酒欢闹——"日聚英豪,从禽击鼓,恣为欢赏。"[3]朝中政敌一看,好你个王翰,美了你了,于是将他又贬去道州。

这可就苦了。之前汝州、仙州都在河南,道州却在湘南永州,山长水远。王翰的身体也垮了,最后死在赴道州上任途中,年仅三十九岁。

他曾写过一首《古蛾眉怨》,结尾有这样几句:

人生百年夜将半,对酒长歌莫长叹。
情知白日不可私,一死一生何足算。

他果真对酒长歌到了人生最后一刻,也算是兑现了诺言。

王翰在世的时候才名很盛。后来杜甫就自称"李邕求识面,王翰愿卜邻",把王翰的赏识当成是非常之荣耀。只可惜他的诗文绝大部分没有保留下来,据传他有诗文十卷,却都散佚了,如今只存留了十余首诗和一些残句。

他的人生,短暂而热烈。在他的身上,有一点谢灵运的身世性格,有一点李白的脾气,而其作品的遭遇又很像王之涣——作者在世时明明蜚声海内，可惜作品却又大部分没能留下来。

人们常常说王翰是流星划过。我宁愿换一种理解，恰恰是盛唐开元年间的多样、包容，为王翰打开了一个时代的窗口，让他有机会擦亮夜空，留下了光辉，被世人看见。一旦短暂的窗口关闭，他和祖咏这类人就真的隐入埃尘，什么也不能显现了。

注释

〔1〕 唐封演《封氏闻见记》载:"时选人王翰颇攻篇赋,而迹浮伪。乃窃定海内文士百有余人,分作九等,高自标置,与张说、李邕并居第一,自余皆被排斥。凌晨于吏部东街张之,甚于长名。观者万计,莫不切齿。"

〔2〕 谭优学《唐诗人行年考》将此作品系年较早,认为这是开元二年(714)前王翰游历河西时的作品。

〔3〕 《旧唐书·王瀚传》载:"说既罢相,出瀚为汝州长史,改仙州别驾。至郡,日聚英豪,从禽击鼓,恣为欢赏。文士祖咏、杜华常在座。"事实上二人在京城应是认识的,可能有过接触,在汝州是加倍亲切。

秦时明月汉时关

上文介绍了狂人王翰。事实上,"王翰"二字的出现,乃是唐诗史中的一件大事。

它标志着一种诗,或者说是一组诗人的正式登场——那就是边塞诗人。这一点大概是王翰自己写《凉州词》时都没想到的。

先天、开元年间,随着国力的增强,唐朝更多地在边疆地区用兵,东征西讨不断,一度占据优势局面。开元十五年至十七年(727—729),屡破吐蕃,拓地千里;开元二十年(732)大破奚、契丹;二十二年(734)张守珪又破契丹。这种背景下,一批边塞诗人应运而生。

他们有的是仗剑旅行到边塞,比如王之涣;还有不少本身就在军幕之中,随军征战戍守,比如岑参。他们伴随着激越的琵琶、悠扬的胡笳登上了诗坛,他们的马蹄常卷着朔风,衣袍常沾着边关的尘土,却纵酒而歌,谈笑自若。

或有人问:"在大唐诗坛,标名挂号可是不容易的,你们凭借什么登场,并且开宗立派呢?"

他们扬起旗旌,显现出四个苍劲的大字:醉、月、歌、雪。

"这就是我们的凭借。"他们说,然后又意气飞扬,纵马奔向前方。

第一位王翰已不必多说,"醉"字就是属于他的。

"醉卧沙场君莫笑,古来征战几人回?"诗中勇士的一场酣醉,早已深入人心、传颂千古。

王翰的"醉"之后,下一个"月"字属于王昌龄。他在"旗亭画壁"的故事中曾亮过相。边塞诗的阵营里,倘若说王翰是先锋,那王昌龄就是大将、巨擘。

王昌龄是京兆人,开元十五年(727)进士,曾举博学宏词科,授汜水县尉,后因被人毁谤,先后任江宁县丞、龙标县尉。人们因此常叫他王江宁、王龙标。

动人的月光,是王昌龄边塞诗的标志。他的作品常常笼罩在高远又明亮的月下,诗中那些猛将、征人、思妇、胡儿的生死离别、喜怒哀乐,都往往在这月下发生:

> 琵琶起舞换新声,总是关山旧别情。
> 撩乱边愁听不尽,高高秋月照长城。
>
> ——《从军行七首》其二

骝马新跨白玉鞍,战罢沙场月色寒。

城头铁鼓声犹震,匣里金刀血未干。

——《出塞二首》其二

王昌龄最为人传唱的是一首《出塞》,开篇就是一轮明月:

秦时明月汉时关,万里长征人未还。

但使龙城飞将在,不教胡马度阴山。

这诗辽阔到了极致。第一句"秦时明月汉时关",是时空上的辽阔,贯穿了千年。下一句"万里长征人未还"是空间上的辽阔,纵横了万里。

当浩浩荡荡的时间猝然碰撞上辽阔无垠的空间,就像天地间施了一个大魔法,诗歌仿佛变成了电影,征人的脸庞开始不断变换。虽然神情同样地悲壮、坚毅,但征人的轮廓、服装、打扮、口音却在变,从秦人变成了汉人,变成了魏晋人,又变成十六国的凉人、燕人、前赵人、后秦人,再变到唐朝的代州人、幽州人、阳关人、玉门人。

历史吞没着他们的故事,掩埋着他们的悲欢,又让他们的命运一代一代轮回重演。

"但使龙城飞将在,不教胡马度阴山",这是又一种辽阔无垠——思绪上的无垠。把汉代的飞将军[1]取到今天来备边,真是令人心驰神摇的思绪的穿越。

于是乎,时间、空间、思绪三个维度上的无垠,让这首诗形成了一种超验的立体,王昌龄是时光师,是魔法师,是几何学家。

通常来说,太过潇洒飘逸的诗,往往是盛放不下复杂的情感的。这首诗却例外,因为它是高维的、超验的,虽然字词很简单,但内藏的空间无比巨大,能兜住极其广阔深沉的内核。

你细咀嚼这首诗的情感,其中有报国之志,有豪迈之情,有追思古人,有悲悯士卒,甚至还有对当下的关切和忧患。写明月,若有情若无情;对征人,似激励似怜恤;写战事,既高昂又忧虑。

所以后人说到这首诗时,有说它"悲壮浑成"的,有说它"意态雄健"的,有说它"惨淡可伤"的,莫衷一是。就好比登泰山,晴天雨天登不同,清晨傍晚登不同,东侧西侧登不同,但泰山还是泰山,《出塞》也还是这一首《出塞》,既光辉明亮、飘逸豪迈,又深邃复杂。

它完全可以和王翰的《凉州词》匹敌。后来明朝的李攀龙选唐代七言绝句,就推这首"秦时明月汉时关"为第一。

紧随着王昌龄出场的是高适,"旗亭三友"的另一成员。

高适的一生,起伏跌宕,极为传奇,我们后文再叙。此处只简略说一点,他是沧州人,早年间十分困窘,要耕作谋生。他曾经北上燕赵从军,写边塞诗大约也是从这时候开始的。

醉、月、歌、雪四个字,高适最擅长的是"歌"。

有人便曾注意到,高适是声音的大师,说高适的边塞诗建构了丰富的声音景观,诗中充满了"乐舞歌哭"等以情动人的文人之音。[2]

巧合的是,他也最擅长歌行体,在同时代的边塞诗人中,他写诗也是感情最为充沛深沉的之一,如歌如诉。

如《营州歌》,这是充满了边塞风情的猎歌:

> 营州少年厌原野,狐裘蒙茸猎城下。
> 虏酒千钟不醉人,胡儿十岁能骑马。

这首《塞下曲》则是报国从军的壮歌,像口语一样明白爽利、刚健直给:

> 万里不惜死,一朝得成功。
> 画图麒麟阁,入朝明光宫。
> 大笑向文士,一经何足穷。
> 古人昧此道,往往成老翁。

高适最有代表性的作品是《燕歌行》,这是一首边关战士的悲歌。为了减轻阅读的负担，本书一直尽量避免全文引用长诗，但高适这一首诗值得全文读完。

这首诗写于开元二十六年（738）。当时，大将张守珪在幽州与契丹、奚等部作战，有随军的人写了一首《燕歌行》给高适看。高适读后非常感慨，再结合自己当年从军蓟北的见闻，写下了这首著名的和诗：

> 汉家烟尘在东北，汉将辞家破残贼。
> 男儿本自重横行，天子非常赐颜色。
> 摐（chuāng）金伐鼓下榆关，旌旆逶迤碣石间。
> 校尉羽书飞瀚海，单于猎火照狼山。
> 山川萧条极边土，胡骑凭陵杂风雨。
> 战士军前半死生，美人帐下犹歌舞。
> 大漠穷秋塞草腓，孤城落日斗兵稀。
> 身当恩遇常轻敌，力尽关山未解围。
> 铁衣远戍辛勤久，玉箸应啼别离后。
> 少妇城南欲断肠，征人蓟北空回首。
> 边庭飘飖那可度，绝域苍茫无所有。
> 杀气三时作阵云，寒声一夜传刁斗。
> 相看白刃血纷纷，死节从来岂顾勋。
> 君不见沙场征战苦，至今犹忆李将军。

整首诗可以看作三个部分。从"汉家烟尘在东北"到"单于猎火照狼山"是第一部分,是整首诗的序曲,描绘的是勇士投身战场的场面——边关烽火急报,天子委以重任,男儿从军出师,大军跋山涉水,终于抵达战场。

高适写这一部分时,场面转换极为迅速,甚至一句一转换、一句一情节,那种紧张感排山倒海而来,衬托着刺目耀眼的"烟尘"和"猎火",让人呼吸为之停滞。

第二部分,从"山川萧条极边土"开始,到"力尽关山未解围"结束,写的是猛士在前线的作战场景。

敌人的骑兵呼啸而至,狰狞的面目分明可见。战士拼死血战,将帅却醇酒美人、淫逸骄奢。终于,勇士们人困马乏,只能暂且穷守孤城,拼到力尽也无法解围,当初出发时的豪迈情怀已然磨损殆尽了。

高适没有一句直接写厮杀,全是侧面的刻画,如战前的胡骑呼啸,后方的美人歌舞,战后的孤城落日、斗兵稀少,但拼合起来就是一场庞大战役的完整景象,其战况之惨烈、条件之艰苦、将帅之腐败、局面之危难,分明如在眼前。"战士军前半死生,美人帐下犹歌舞",平平静静一句叙述,效果却像是惊雷,饱含深沉的控诉。

诗歌第三个部分,从"铁衣远戍辛勤久"直至结尾,是感情的收束和升华。

后方的妻子愁肠欲断，奈何重重关山隔绝，音讯难通，一切的思念和牵挂都像投入了一个黑洞里。在前线，则每天只有厮杀声、寒夜的刁斗声，无尽往复，年复一年。终于，千言万语都迸发为一句浩叹——"君不见沙场征战苦"，一个"苦"字，既囊括了一切，却又似乎根本无法概括万一。只期盼遇见当年李广那样的将军，能体恤士卒、与他们同甘共苦，给这漫长寒夜带来一点公平和温暖。

用长篇歌行体写边塞诗，写到这个水平，几乎是前所未有的。宋代严羽《沧浪诗话》说："高岑之诗悲壮，读之使人感慨。"事实上仅仅以悲壮而论，高适还要胜于岑参。

说到岑参，他是本文出场的第四位人物。

岑参是南阳棘阳人，生于715年，是四人中年龄最小的，因为担任过嘉州刺史，常被人称为岑嘉州。他长期在高仙芝、封常清等人的军幕中任职，多年戍守轮台，是在边塞时间最长、体验最深的一个诗人。

前文所说醉、月、歌、雪四个字，"雪"字是属于岑参的。边塞诗人个个能写雪，但岑参写来最变幻莫测。

《白雪歌送武判官归京》是他的名篇，"忽如一夜春风来，千树万树梨花开"几乎人人能诵。他笔下的雪有时候铺天盖地："剑河风急雪片阔，沙口石冻马蹄脱。"有时又湿腻冰寒："马毛带雪汗气蒸，五花连钱旋作冰。"

岑参和高适是明显不同的。高适的诗比较重抒情言理，所写的意象也一般较为经典，《燕歌行》里提及的烟尘、旌旆、金鼓、羽书、碣石、铁衣、刁斗等等，都是边塞诗中常见的经典意象。[3]

岑参则不一样，他像是一名战地记者，特别注重新鲜的细节，尤其爱写边塞独特的自然风光。别人的边塞诗可能是想象的，岑参却是一点一滴亲见亲历的。除了飞雪，大漠、戈壁、火山、热海，在他笔下都生动如见。他的遣词造句也比较奇崛，往往打破常规、出人意表：

> 君不见走马川行雪海边，
> 平沙莽莽黄入天。
> 轮台九月风夜吼，一川碎石大如斗，
> 随风满地石乱走。
> …… ……
>
> ——《走马川行奉送出师西征》

儿时读到"随风满地石乱走"，觉得这哪里是诗，简直是胡闹，到后来才体会到这种白描的真实趣味。

他写行军的艰难，细致生动，像是一部纪录片：

> 上将拥旄(máo)西出征，平明吹笛大军行。

四边伐鼓雪海涌,三军大呼阴山动。

虏塞兵气连云屯,战场白骨缠草根。

剑河风急雪片阔,沙口石冻马蹄脱。

……………

——《轮台歌奉送封大夫出师西征》

在唐朝之前,已经有人在努力把边塞诗写细致了,仅以写马为例,南朝鲍照的"马毛缩如猬,角弓不可张",江总的"绕阵看狐迹,依山见马蹄",都以细致取胜。而岑参在细节上则又远远超越之。

他写自然奇观的细节就非常独到丰富。看一首《热海行送崔侍御还京》,诗中描写了光怪陆离的热海奇观,当然,一样有雪的元素出现:

侧闻阴山胡儿语,西头热海水如煮。

海上众鸟不敢飞,中有鲤鱼长且肥。

岸旁青草常不歇,空中白雪遥旋灭。

蒸沙烁石燃虏云,沸浪炎波煎汉月。

阴火潜烧天地炉,何事偏烘西一隅?

势吞月窟侵太白,气连赤坂通单于。

送君一醉天山郭,正见夕阳海边落。

柏台霜威寒逼人，热海炎气为之薄。

这首诗是送别同僚兼朋友崔侍御的。大家临别饮宴，正值热海的傍晚，岑参兴致勃勃地写下热海的奇观：水像被烧煮了一样，鸟儿不敢飞，海中却居然有肥长的鲤鱼，两岸也有茂盛的青草。因为热气蒸腾，沙砾都为之熔消，白雪飘近就会迅速化掉。诗人好奇地发问：热海这样热法，怕是有地下的暗火不断灼烧吧，为什么又偏偏只烧天地西边一角呢？

结尾，为了紧扣送别的主题，岑参又幽默地把话题拉了回来：崔大人您作为御史，纠察不法、严如秋霜，这热海的炎气怕也要被您消减了吧。

高适和岑参，是盛唐边塞诗的双星。如果用一句话概括，高适是言人心中有、口中无的，如"战士军前半死生，美人帐下犹歌舞"；岑参是言人口中无、心中亦无的，如"蒸沙烁石燃虏云，沸浪炎波煎汉月"。倘若在今天，高适大概仍然是诗人，而岑参则未必当诗人，可能会是一位杰出的旅行作家，或是纪录片导演。

最后，有一个问题是常被问到的：盛唐边塞诗人，究竟谁是第一？

本文出场的这些诗人，都是巨星。有的少年早慧，如王翰；有的大器晚成，如高适。到底孰高孰下，历来聚讼纷纭。

高适、王昌龄都属于"旗亭三友",相传在酒楼上就打过擂台的,后人也为他们的诗作水平争持不下。

王翰、王昌龄则都有诗被后人推为唐诗七言绝句第一,拥趸们也各持己见、互不相让。

非要评判的话只能说,假如把盛唐的边塞诗看作一出宏伟合唱,这四人分别是不同的声部。

王翰负责的是精彩的序曲,先声夺人;王昌龄是男高音,最清越嘹亮,高亢入云,给人印象最深刻;高适、岑参是中音,拥有丰富的技巧,负责最主要的输出。人人都是高手,却又各具特色,绝不重复。

不得不提的是,这出盛唐边塞诗大合唱,除了以上几大常驻主力,还有一些票友客串。李白、杜甫就都客串过,出手都很惊艳,绝不让人失望而归。

比如李白的《塞下曲》:

五月天山雪,无花只有寒。
笛中闻折柳,春色未曾看。
晓战随金鼓,宵眠抱玉鞍。
愿将腰下剑,直为斩楼兰。

这就是玩票玩出了专业水平的典型。

还有一位最亮眼的边塞诗票友,虽然是客串,却唱出了几乎压倒头牌、震动行业的风采,那便是王维。他将携着大漠孤烟、长河落日,翩翩向我们走来。

注释

〔1〕 "龙城飞将"究竟何指,众说纷纭。有人称"龙城"指卫青,"飞将"才指李广,因为李广从未打到龙城。此说太过穿凿,但在今天,这种"以小知为大知"很有迷惑性。古代诗歌里人不合地、地不称名者多不胜数。唐诗里卫青远不如李广有人气,甚至"卫霍"还被用于指代内戚。杜甫就有:"况闻内金盘,尽在卫霍室。"唐代诗人更是鲜有用"龙城"来指代卫青的习惯。有研究者退一步,称"龙城飞将"系广大边将泛指,不必深究。总之是要明明地抹杀"飞将"二字。

〔2〕 见王昕宇《论高适边塞诗听觉形象的生成及其文化内涵》,《中北大学学报(社会科学版)》2021年第5期。

〔3〕 高适选用意象比较经典和常见,只是相对于岑参说的,又以其最著名的作品《燕歌行》为代表。高适一样有刻画战时和战后比较细致鲜活的诗作,也写出过许多独家的场景,后文《公主琵琶幽怨多》会讲到。

行到水穷处,坐看云起时

一

大唐开元三年(715),长安城外,人头攒动的窗口前,一个少年正在办进京手续。

他长得清秀俊朗,略有点瘦,风尘仆仆,行李也鼓鼓囊囊,有乐器、画夹和一大堆书。

"姓名?"

"王维。"

"字?"

"摩诘。"

"还巨蟹呢。问你的字,不是星座。"

"我就是字摩诘。维摩诘的摩,维摩诘的诘。"

"……好吧,特长?"

"美术、书法、音乐、诗歌……"

办事员有点不耐烦了:"说最主要的!"

"写诗、画画。"王维平静地说。

办事员撇撇嘴,写诗?现在首都的诗人已经太多啦,随便丢块石头都能打到几个诗人。

他懒洋洋地盖了个章,扔出表格来:"去安检吧。"

王维看了一眼章子:"才三个月?大人,我要办三年的。"

办事员更不耐烦了:"三个月够长啦。你们诗人能在长安混一个星期都不错了……"

"至少要三年。"王维坚定地说,"写不出名堂,我誓不回乡。"

目视着王维离开,一名同事凑到办事员耳边:"喂,有没发现这小子特像故事里的一种人。"

"什么人?"

"男主角。"

这一年,长安的诗坛已经杀成了一片红海。

上一辈的诗人张说、贺知章风流未沫,中生代的张九龄等又崛起了,写的诗动辄风靡京师。

"快看,贺老又发新作了,'二月春风似剪刀'真棒!"人们传阅着诗稿,啧啧称赞。

长安城里遍地都是诗人,纷纷抱着简历和代表作,到处寻找赞助。王维每到一个小酒店,都会听到有诗人在大声讨论着"平仄和谐""四声八病"等术语。

仆人有点担心，劝他说：

"少爷啊，现在入长安，你确定？竞争这么激烈，要不咱把目标稍微调低一点，非要做什么一线诗人吗？"

王维端起一碗米酒，一饮而尽，白净的脸上瞬间浮现潮红。红海又怎么样，我的目标可不是做什么一线诗人，而是另外四个字：

天下文宗。[1]

二

王维每天都很努力。长安是个人情密集的地方，出头很难，何况他也没有太过硬的社会关系。[2]

他的家族是河东王氏，几代先祖都做官，但品阶不高。他父亲做过汾州司马，相当于汾州的王调研员，可是很早就亡故了。母亲出身有名的博陵崔氏，然而笃信佛教，对名利十分淡泊。

这个家世背景，比后来的杜甫并没有强到哪里去。[3] 它能帮助王维干谒到一些达官贵人，但也仅此而已。关键还是要靠自己。

在长安，王维白天要出门投简历、进呈诗稿，晚上就回住处读书写作。天气好的时候，他就背上画夹，出门写生、采风。

重阳节到了，他很想念家乡的兄弟们。为了在长安闯荡，王

维早早地失去了许多和亲人团聚的机会。那一天,才十七岁的他写下了这首《九月九日忆山东兄弟》:

> 独在异乡为异客,每逢佳节倍思亲。
> 遥知兄弟登高处,遍插茱萸少一人。

如果不是身在远方,他一定会和兄弟们登高望远、畅饮一醉的吧?

这首诗的后两句写得很像是一幅画。这大概也是王维第一次用画来治愈自己。这一招,后来他无数次用到。

在长安的付出没有白费。一些王公大臣注意到了这少年的才华,包括宁王、岐王、薛王等,王维成了他们的座上宾。诸王都挺喜欢这个少年,有才、自信,偶尔也有些棱角,但为人沉静,不张狂跋扈,显出一种少有的成熟。

开元七年(719),大唐诗坛愈发风起云涌。

在蜀地,一个叫李白的同龄人收拾好了书卷和宝剑,要去征服外面的世界。

在河南,一个七岁的孩子杜甫写出了一首诗,咏的是凤凰,虽然年幼,才情已然显露。

但当时最闪亮的新星仍是王维。那些日子,在诸王的文学沙龙里，经常有王维白衣如雪的身影。诸王或是月下举办宴会，或是巡游出访，王维就在其中做客、写诗。有时候大家聊得太开心了，忘了时间，不知不觉聊到连外面啼鸟的种类都变换了，落花都积了很多。[4]

尤其是在避暑的胜地九成宫，那里太美了，窗间不时飘来林中的云雾，山泉在咫尺之外流淌，再配上王维的风采和诗作，仿佛是仙境一般。

不久，王维迎来了一场关键的沙龙，召集人是玉真公主。她是唐玄宗的胞妹，酷爱音乐和诗歌，她的宅邸是许多诗人和艺人的聚集地。

这一场沙龙对王维很重要，不久之后便是京兆府试，能否得到公主的认可和推荐，很可能影响最终结果。

在公主面前，王维手抱琵琶，飘然登台。一袭白衣将他映衬得更加英秀挺拔，瞬间点亮了公主的双眸。

音乐，对于王维来说是家学。他的祖父王冑做过太常寺协律郎，主管五音六律，可谓天下第一指挥家兼打碟师。王维也是玩乐器的高手。

果然，当他一支琵琶曲《郁轮袍》弹罢，全场彩声雷动，台下的玉真公主更是兴奋得站了起来：

"小鲜……小伙子，除了琵琶，你还有什么别的才艺吗？"

"我还会写诗。"

唐朝的所谓"会写诗"，和今天完全不是一个概念，不达到相当的水平是不敢叫诗人的。之前王翰搞排行榜不就被骂了吗?

"那我就考考你。"公主当场出了一道题，"十秒之内写一首诗，必须要有情感、有季节、有地理、有植物、有王菲。"

王维脱口而出：

"红豆生南国，春来发几枝。愿君多采撷，此物最相思。"

玉真公主顿时泪流满面："今年京兆府试，我推荐你！"〔5〕

旁边有人小声提醒："之前您内定要推荐的张九皋呢？"

公主满脸无辜："张九皋是谁？"

三

不久后的京兆府试，天时与人和兼备的王维自信登场，发挥得很好。成绩公布之日，王维前去看榜，左看右顾，没发现自己的名字。

"没事，失败是成功之母……"他给自己打气。

忽然仆人哭了起来："少爷你往最上面看，第一个就是你。"

果然王维是第一名，叫作"解元"。

京兆府试分量是极重的，但凡能名列前茅的基本等于保送进士，当时谓之"等第"，更何况是头名。

没有意外地，到了开元九年（721），王维又顺理成章擢进士第。

亲友们都来道贺。如果是李白，一定会兴奋得跳到天上去。倘若是杜甫，也会发几句狂言。王维却并没有过于兴奋，而是问了一句：

"綦毋潜没有中吗？"

綦毋潜是他的朋友，虔州人，和王维同一年应试，此番不幸落第。

王维特意找到了心情抑郁的綦毋潜，真诚地宽慰了他。分别之际，王维还写了诗相赠，让他不要灰心难过。从这件事上能看出来王维温和、善良，很能结交朋友。

没过多久，新科进士王维被委任为太乐丞，时年不过二十岁。太乐丞是太乐令的副手，这是一个负责朝廷礼乐的官职，对王维而言可谓专业对口，恰好能发挥他音乐上的才华。

那一年，白衣少年如站在山巅，青春得志。彼时彼刻，空气里飞舞的都是希望的味道，眼里瞧见的都是未来，就像他写的诗一样：

> 新丰美酒斗十千，咸阳游侠多少年。
> 相逢意气为君饮，系马高楼垂柳边。
>
> ——《少年行四首》之一

那新丰的美酒啊，一斗要十千钱，可即便昂贵又怎么样呢，并不能妨碍我们开怀畅饮。且看这些潇洒不羁的游侠少年，将马系在垂柳上，相聚在高楼，举杯倾吐心声，直喝到眼花耳热。年轻，就是纵情欢乐的理由啊！

到此时为止，这几乎是一个少年人可以拥有的最好的开头：才华是会被尊重的，天赋是可以兑现的，阶层是能够跨越的，王公贵族们是靠谱识货的，失意者是会被安慰的，时代是不会辜负个人的。

这类故事的主角，我们叫天选之子；这类故事发生的时代，我们通常称之为黄金时代。

王维的人生开局，证明了这种时代真的存在；而王维此后的人生，则将证明太过完满的童话终究无法永续。

二十岁之前的顺遂经历，对王维后来的性格产生了极大的影响。

一个少年，从相貌到才华都极度出众、毫无缺点，并很早就获得了莫大成功，可能会导致两种结果：

一种可能，是他之前走得太顺了，今后经不起坎坷摔打，心态失衡；另一种可能则恰好相反，因为他早早就收获了足够的认可，培养起了自尊和自重，内心已然达到富足、丰盈的状态，哪怕今后遭遇恶意、贬损、误解、轻蔑，哪怕一度失落彷徨，他也能大体上平静温和地度过。因为他知道自己是谁、对这个世界的意义是什么。

王维就是后一种。对于后来戏剧般的命运，他似乎是一片懵懂、毫无准备，但从另一个角度来说，他已经准备好了。

四

在刚当上太乐丞的时候，人们或许已经开始猜测，王维这个年少有才的小伙子会不会是下一个张说，或是张九龄。毕竟，他们的人生开局非常像。

但事实很快证明错了。少年得志的王维忘记了一件事，就是上任时别人的提醒：

"在你这个位子上干，别的事都可以错，唯独一件事——节目单不能错。"

王维的节目单恰恰搞错了。没过多久，有伶人表演了一种极为敏感的乐舞，叫"黄狮子舞"，这是只允许皇帝观赏的节目。

这就好比你在宫里吃饭，忽然有人来查，翻过你的碗底，发现两个小字：御用。于是，天塌了。

王维这件黄狮子案其实有些奇怪，伶人具体是在什么情况下给什么人舞的，后世多有揣测，但一概不能确知。唯一确定的是，王维作为太乐丞，对此事负领导责任，坐累为济州司仓参军。

从高中进士到坐罪被贬，前后不过几个月，前途无量的首都文艺明星直接变成了山东管仓库的小王主任。

离开长安城时,他又遇见了当初那位办事员。对方忍不住感慨:"真有你的,短短时间,别人一辈子的大起大落都给你过完了。"

办事员没注意到,王维仍然随身带着一样东西:画夹。

倘若是拍摄青春偶像剧,主人公在吃瘪遭难之后必定会反转,否极泰来,荣归长安。可是剧本让人意外,接下来十几年,王维的人生并没有什么反转。

在济州守了一段时间仓库后,开元十四年(726)春,王维赦还长安,但很快又被外放到河南淇上。眼看俸禄十分微薄,官也越做越没意思,他干脆淡出了职场,甚至被后世认为是辞职隐居,在淇水钓鱼了。

这人生的轨迹非但越来越不像张说、张九龄,反倒是像当初抑郁不展的"初唐四杰"了。

那些年,王维也曾有过怀疑:我到底是不是主角?开局明明是男主的戏路,怎么越演越像龙套了呢?

但他有个好处,爱画画。碰到不开心的时候,打开画夹涂抹上几笔,心情便会好得多。他就连写诗也像画画,外放这些年中,他所遇所见的朋友、乡情、山川、市井,都是他"画"的对象。

在淇水送别朋友时,他是这样"画"的:

天寒远山净，日暮长河急。

解缆君已遥，望君犹伫立。

——《淇上别赵仙舟》

画面上，一条湍急的江水在落日下奔流，仔细看去，江边有一个小小的人影，正凝视着一艘渐行渐远的小船，因为那船上有他远去的朋友。这人影望着船，呆呆地站着，充满了依恋，仿佛直到太阳落山也不舍得离去。

这是一幅多么好的名为《友谊》的速写，王维用二十个字就画出来了。

因为工作实在清闲，王维到处闲游，走到哪里就画到哪里。在蜀地他是这样画的：

声喧乱石中，色静深松里。

漾漾泛菱荇，澄澄映葭苇。

——《青溪》

一幅绝妙的森林风景画。从几句小诗里，你甚至都能听见溪水的声音，看见它冲溅在石头上激起的泡沫，还有那斑驳的松树皮、明暗参差的树冠，以及洒落在林间的柔美光线。

等游览到了巴峡，看到了水上人家的生活，王维又支开画夹，

即兴来了一幅小画：[6]

际晓投巴峡，馀春忆帝京。
……　……
水国舟中市，山桥树杪行。

——《晓行巴峡》

"水国舟中市，山桥树杪行"，十个字就画出一幅亮眼的峡谷生活图。大家在水上做生意，船只都热热闹闹地凑在一起。两岸的山很高，穿行在山桥栈道上，人就仿佛行走在树梢。读了这两句，你简直会心痒难耐，会想去画里的舟中集市上问问价、买点水产，又或者去峡江栈道上走走，吼唱几句川江号子。

此后王维又在长安等地耽了一段时间，依旧前途不明。开元二十二年（734），他来到嵩山隐居，至此他已经在贬逐、漂泊中度过了十三年。

从王天才到王主任，再到王啥也不是，漫长的时间，巨大的落差，足够磨耗掉绝大多人的耐心和希望。王维完全有理由变成一个愤愤不平的人。

他确实也嗟叹、怨念，说了一些不快乐的话，比如"微官易得罪，谪去济川阴""纵有归来日，多愁年鬓侵"，不看好未来前程。

但人们也意外地发现,即便在这些黯淡的年头,他也能调整好心情,写出或者是"画"出这样空灵的《鸟鸣涧》:

人闲桂花落,夜静春山空。
月出惊山鸟,时鸣春涧中。

这不是一个满心愤懑的人可以写出来的诗。它没有一丝仓促,也半点不惶急,连"日暮长河急"的那种不安感也没有,只有悠闲的人、从容的桂花、静谧的春夜,以及那貌似警觉实则呆萌的鸟儿。

在这样的诗里,能看出王维与自然的关系是这样亲切,他对生活是如此热爱。至少在此时此夜,他的心境是没有什么破绽的,是真的有点像后来丰子恺所谓的不念过往、不惧将来。你能看出哪怕一点对当初玉真公主府上的繁华喧嚣的痴恋吗?能看出一点对今后前途无着的忧虑躁动吗?都没有。他倒是像诗中那只鸟儿,月亮出来了就大叫几声,习惯了月光之后多半又埋头补觉,过得简单自然。

这是诗人王维和画师王维携手,共同对抗着失意者王维。每当手中有画笔的时候,王维的心境就圆融、澄澈起来,这就和李白哪怕再怨念絮叨,一到登山的时候就会变得不可战胜一样。王维不是下一个张说或张九龄,也不是下一个卢照邻、王勃,他就是王维，盛唐情绪最稳定的诗人，得志的时候不会飞扬跋扈，失意的时候也不会极度悲伤怨艾，如同他后来写过的著名的诗："行到水穷处，坐看云起时。"[7]这恰恰是他一直走来的方式。

开元二十三年（735），在嵩山隐居的王维迎来了柳暗花明。

经宰相张九龄的举荐，王维被任命为右拾遗，到东都洛阳上任。次年（736），王维随侍玄宗离开洛阳，返回阔别已久的长安。

辚辚车队中，面对重新清晰起来的长安轮廓，他很平静，并没有写下特别的诗作。我们也无从知道他重见长安的那一刻是晴是雨，还是彩翠分明、霞光满天。王维大概也不会意识到，就在这表面上平静的一年里，唐诗最明亮、最壮盛的一刻已无声到来了。

注释

〔1〕 王维故后,唐代宗让王维的弟弟王缙进呈王维集,并且答称:"卿之伯氏(王维),天下文宗。位历先朝,名高希代。"在唐代能被称为"文宗"的很少,还有一个享受这一头衔的是陈子昂。卢藏用《陈子昂别传》载:"(陈子昂)初为诗,幽人王适见而惊曰:此子必为文宗矣。"

〔2〕 社会关系的"过硬"与否是主观标准。一些学者如宇文所安认为,王维的家庭声望卓著,这帮助了他在诸王府中受到热烈欢迎。另一些学者如社科院刘宁认为,王维属于孤寒士子,家庭无法给他更多支持。这其实是判断标准的不同。

〔3〕 王维的身世像杜甫。王维父亲为汾州司马,早亡,母亲为博陵崔氏。杜甫父亲为兖州司马,母亲为清河崔氏。这个家世对孩子能起到一定的支持作用,帮助他们在长安获得一些社会资源,但强有力的支持应当也是不足的。

〔4〕 王维有诗《从岐王过杨氏别业应教》:"杨子谈经所,淮王载酒过。兴阑啼鸟换,坐久落花多。"

〔5〕 宋计有功《唐诗纪事》载:"维未冠,文章得名,妙能琵琶。春之一日,岐王引至公主第,使为伶人,进主前一进新曲,号《郁轮袍》;并出所为文。主大奇之,令宫婢传教,遂召试官至第,谕之作解头登第。"

〔6〕 王维作此诗时间有争议。王辉斌《也说王维开元天宝间的行迹——〈开元天宝间王维行迹考〉一文评析》认为:"王维集中的《黄花川》《青溪》《晓行巴峡》三诗虽然可以证实王维确曾入蜀一次,但……是开元

二十八年（740）'知南选'时之途经。"

〔7〕 一说这句诗非王维原创。唐李肇《唐国史补》称："维有诗名，然好取人文章嘉句。'行到水穷处，坐看云起时。'《英华集》中诗也。"

请叫我情绪价值之王

劝君更尽一杯酒,西出阳关无故人。

——王维

王维前半生的故事,暂且告一段落。我们已知道了他热情、自信、稳重、平静,善于自我疏导,这就是他的典型性格特征。而除此之外,他还有一个非常重要但往往被人忽视了的特点,就是三个字:会说话。

这个世界上不会说话的人太多了,王维是一个极大的例外。

他是一个让人特别舒适的人。在任何场合、面对任何对象,无论是君上、领导还是师长、朋友,王维都能说出妥帖到位的话来,尺度分寸往往恰到好处,使人心情愉悦。用时下的流行语,就是很能给人提供情绪价值。

比如对朋友。做王维的朋友是一件幸福的事情。綦毋潜就一定感受到了。

他与王维同年科举，王维高中而綦毋潜落第。失意还乡之际，王维写诗安慰他：

> 圣代无隐者，英灵尽来归。
> 遂令东山客，不得顾采薇。
> 既至君门远，孰云吾道非。
> 江淮度寒食，京洛缝春衣。
> 置酒临长道，同心与我违。
> 行当浮桂棹，未几拂荆扉。
> 远树带行客，孤城当落晖。
> 吾谋适不用，勿谓知音稀。
>
> ——《送綦毋潜落第还乡》

通常来说，在表达上有一个"不可能三角"，那就是政治正确、角度新颖、感情真挚，这三者几乎是不可能同时兼备的。但王维这首诗恰恰做到了。所有被"不会说话"困扰的朋友，都不妨读一读这首诗。

考试落第，释褐无望，綦毋潜肯定是失意落寞的，但同样折磨人的还有一种羞赧感，似乎自家热衷功名却又求而不得，自讨没趣，还不如当初老老实实隐逸山林。

善解人意的王维以最巧妙的角度替朋友纾解了心魔。"圣代无隐者,英灵尽来归",两句话看似平平无奇,其实十分巧妙,煞费苦心。王维说:圣明的时代是没有隐者的,杰出人才都会出山,争取报效朝廷,哪怕是淡泊名利的高洁之士也不会继续隐逸下去。后面的"东山客""采薇"都是指高洁的隐者或隐逸行为。

这话不但是说到了綦毋潜心窝里,也会让无数的落榜士子感到温暖、解压——原来自己积极求仕不是热切功名,而是响应时代的召唤,因为"圣代无隐者"嘛。

如此贴心的话,偏偏还被王维说得正大体面,完全符合政治正确。朝廷乃至君王看了也会觉得十分受用,至少不会有任何不满。几句诗,既极大地抚慰了失意者,又同时恭维了决策者、裁判者,方方面面都照顾到,真是难为他怎么想到的角度。

事实上,綦毋潜的整个职业生涯都没逃脱王维的温暖怀抱,只要一失意,王维就跑来了。数年之后,綦毋潜终于进士及第,在职场沉浮了一段,任了一个著作郎的微官,自觉无味,弃官而去。王维又及时赶到,写下一首《送綦毋秘书弃官还江东》相赠,其中有这样几句:

明时久不达,弃置与君同。
天命无怨色,人生有素风。
念君拂衣去,四海将安穷。

秋天万里净，日暮澄江空。

这一次，王维拿自身的际遇来宽慰朋友，表示咱俩都是"明时不达"，境遇相近，心情相通。好比现代人安慰不开心的老友说："嗨，我还不是一样，都闹心！来来喝酒！"

此前，綦毋潜落榜而王维高中，二人境遇不同，王维写诗便绝口不提自己，以免刺伤朋友。而眼下是开元二十一年（733），王维自己也在闲居，便用"弃置与君同"宽慰友人。这就叫情商。

这一首诗里，王维还用很美的句子，努力把主人公的挂冠离去写得无比潇洒："天命无怨色，人生有素风。"没有彷徨，没有失意，只有落子无悔、神采飞扬，綦毋潜读了都要惊讶：原来我走得这么帅气。

这种"暖"的属性，使王维成了盛唐第一树洞，孟浩然、綦毋潜、丘为、高适等人混得不如意时都爱找王维倾吐几句。王维也都温情回应，想尽办法安慰他们。王维目前存诗四百多首，在顶级诗人里并不算特别多，但他却是写宽慰朋友不第、失意、归山的诗最多的之一，也是质量最好的之一，光一个綦毋潜就被他写诗安慰了至少三次。

在人们通常的印象里，"会说话"便约等于圆滑和爱用陈词滥调，但王维不是，他总会换着角度写，让你觉得感情真挚，但又别出心裁，让每一次朋友得到的拥抱都不一样。

朋友丘为落第,王维写诗这样宽慰:

> 怜君不得意,况复柳条春。
> 为客黄金尽,还家白发新。
> 五湖三亩宅,万里一归人。
> 知尔不能荐,羞称献纳臣。
> ——《送丘为落第归江东》

丘为也是考了很多次的。在诗中,王维先是设身处地感受了朋友的窘迫和痛苦:盘缠花完了,只能孤独地回家,头上又增添了新的白发,怎么能不让人烦闷呢?

尔后王维表示,自己作为一个京官,而且是曾负责进言纠错的"献纳臣",却不能把朋友举荐给朝廷,使丘为怀才不遇,真是感觉惭愧无地。

这一首诗,情感真挚,逐步递进,先由怜惜转为痛惜,又转为深深的内疚和羞愤,让我们读了也觉得动容。

王维说好话的时候还善语带双关。有一次他写长安城里一位"吕逸人",其实就是姓吕的民间隐士,是这样措辞的:

> 桃源一向绝风尘,柳市南头访隐沦。
> 到门不敢题凡鸟,看竹何须问主人。

城上青山如屋里，东家流水入西邻。

闭户著书多岁月，种松皆老作龙鳞。

——《春日与裴迪过新昌里访吕逸人不遇》

这位吕逸人住在长安新昌里柳市南头，是个识文断字的文化人，王维来访不遇，便写了一篇半抒怀、半恭维的话。

"到门不敢题凡鸟"是用了一个典故，传说魏晋时名士吕安见到嵇喜，在其门上题了一个"凤"字，讽刺嵇喜庸俗，因为繁体"鳳"字是"凡鸟"两字组合。王维这里是恭维吕逸人不同凡俗，自己不敢像吕安那样托大。

看这首诗便会发现，吕逸人并不是什么显贵或名士，和王维也还没有太深厚的交情，甚至可能面都没见过，王维却乐意让潜在的新朋友开心。他描写了吕逸人家的美好氛围——松竹繁茂、流水淙淙，连原本没啥关系的"青山"也硬借来了，更衬托得主人居所优雅、人亦脱俗。真是顶级售房中介的水平。

王维还拿了一个细节做文章，"种松皆老作龙鳞"，主人手种的松树经历了岁月，树皮斑驳如龙鳞一般。这里语带双关，松树都能成龙，主人当然更是龙了，并且是潜龙、蛰龙。吕逸人看见这首诗怕是要开心得合不拢嘴。

在所有类型的说好话里，有一种是极考验情商和阅历的，就是对上说好话。

这类表达,尺度分寸都不好拿捏,既要把上级夸到位,不可丝毫打折扣,又不能措辞唐突过火。后文中会说到的李白,为人极其可爱,但就是个极不善于对上说好话的,一出语就过火,有时仿佛侮辱领导智商一般。

而王维却是此道高手,能把"面子话"说得极为堂皇、到位、妥帖。当初长安诸王、公主都喜爱他不是没有原因的。

先来欣赏他的一首应制诗,也就是应君王或宫廷要求所写的诗,叫《奉和圣制从蓬莱向兴庆阁道中留春雨中春望之作应制》。前作《唐诗寒武纪》中提过上官婉儿是应制诗的专家,而王维则是又一圣手:

> 渭水自萦秦塞曲,黄山旧绕汉宫斜。
> 銮舆迥出千门柳,阁道回看上苑花。
> 云里帝城双凤阙,雨中春树万人家。
> 为乘阳气行时令,不是宸游玩物华。

皇帝出门遇上了点雨,这点小事,在王维笔下就成了绝好的诗句。

"云里帝城双凤阙,雨中春树万人家"这一联既清新又润泽。结尾自然归结到应制诗的主题:皇上出行是为了顺应天时、造福于民，而不是游山玩水。整首作品清丽空灵、举重若轻，成为后世无数写材料的人所难以企及的高峰。

最能反映王维笔力和格局的，是描写皇帝早朝场面的《和贾舍人早朝大明宫之作》。这首诗是对中书舍人贾至的和诗，当时同僚杜甫、岑参都有参与唱和，其中王维的最为出众：[1]

> 绛帻鸡人报晓筹，尚衣方进翠云裘。
> 九天阊阖开宫殿，万国衣冠拜冕旒。
> 日色才临仙掌动，香烟欲傍衮龙浮。
> 朝罢须裁五色诏，佩声归到凤池头。

它色彩绚烂、富丽堂皇，好像一部庄严又华美的纪录片。

"绛帻鸡人报晓筹"，随着红巾卫士的一声嘹亮高唱，旭日东升，晨光照临，巍峨的殿宇訇然中开。

导演王维从容地运镜，镜头扫到圣人的翠云裘上，扫到那光华耀眼的冠带上。然后恢弘的全景来了，百官、外使们鱼贯而入，在沁人心脾的香烟中朝拜君王，大明宫笼罩在一片氤氲云气之中，大唐的繁荣仿佛永远不会结束。

这部纪录片不光华丽，而且秩序井然、调度有序，丝毫不显得繁缛混乱。好的导演永远不会被细节掌控，而是从心所欲地掌控着所有细节。

更难得的是它调子很正,绝不膨胀傲慢。倘若写成"文班上应郎官宿,武曜中分列将星",那就心浮气躁了,就像后人说的那样"后来诸公应诏之作……多志骄气盈",王维却总是能把握到那个最佳的分寸。

对比盛唐另外两位大诗人李白、杜甫的应制之作,李白才气飞动,但应制诗往往失于轻昵,比喻不当,被人钻空子;[2]杜甫则显得谨小慎微、小心翼翼,都不像王维的出语妥当、贵气又雍雅平和。这也是出身、经历和个人性格所综合导致的。

当然,每一种选择其实都必然伴随着代价。在世人眼里,王维这种平和温暖、很会说话的"人设",另一面就是乏味、没锐气、没特点,俗称"不吸粉",不容易让人爱得疯狂。

作家、明星历来都是如此,四平八稳的必然不如狂放不羁、犀利勇猛的吸引人。胡适的个性便没有鲁迅辛辣诱人,金庸的采访也必然没有李敖的好看。诸王如果选宾客,当然会中意王维,因为他大概率不会无端制造尴尬;[3]老百姓选偶像,则会更加青睐李白,觉得他更可爱天真。

但王维的朋友们一定会喜欢他。他的"会说话"不是什么矫饰,而是来自一种天生的同理心和细致敏感的共情能力。就像他对綦毋潜、丘为等人的共情一样。

这让人想起王维那几句早已脍炙人口的诗:

渭城朝雨浥轻尘，客舍青青柳色新。
劝君更尽一杯酒，西出阳关无故人。

——《送元二使安西》

清晨的一场小雨，客店后的青青柳色，都那么平凡，不是平日里特别吸睛的物事。只有在分别的时刻亲身遇见，才会忽然感到它的深情动人。

注释

〔1〕 杜甫和诗是《奉和贾至舍人早朝大明宫》:"五夜漏声催晓箭,九重春色醉仙桃。旌旗日暖龙蛇动,宫殿风微燕雀高。朝罢香烟携满袖,诗成珠玉在挥毫。欲知世掌丝纶美,池上于今有凤毛。"小心地恭维贾至,有一种新人刚加入圈子的谨小慎微感,不如王维和诗轩敞从容。后来《秋兴八首》中"云移雉尾开宫扇,日绕龙鳞识圣颜"句与王维句相似,但稍显直露,不如王维"九天阊阖开宫殿,万国衣冠拜冕旒"雍容。

〔2〕 李白在宫中作《清平调》三章,咏杨贵妃,有句"借问汉宫谁得似,可怜飞燕倚新妆",《宫中行乐词》亦说"宫中谁第一,飞燕在昭阳",都是把杨贵妃比作赵飞燕。唐李濬《松窗杂录》中说高力士以此进谗言说:"以飞燕指妃子,是贱之甚矣。"

〔3〕 王维事实上也有锐气的一面,是敢于调侃和批评诸王的。前作《唐诗寒武纪》中有提到王维《息夫人》一诗:"莫以今时宠,宁忘昔日恩。看花满眼泪,不共楚王言。"就是调侃和批评宁王李宪花心强占民女的。

天上掉下个莽撞人

此人固穷相。

——李隆基

一

开元七年（719），蜀地。

一个叫李白的青年举起一根绣花针，仰天长笑："哈哈，我的铁杵终于磨成针了！"

铁杵成针日，文星耀世时。征服世界的时候，应该到了吧。

李白收拾好了书和宝剑，打包了行囊，再一次回看自己读书的大匡山。别了，这翠绿的山峰，这缠绵的藤蔓，还有傍晚时分熟悉的樵歌。我要把天赋带到外面去，让天下都听到我的声音。

不对，临走之前，还得再去找一找那位道士，了却心愿。他喃喃说。

临近的戴天山[1]上有位道士,据说懂得长生之术,还很会酿酒。李白仰慕他很久了,可每次去都没找到人。这次定要把他寻到。

戴天山上,早已得到消息的老道仓皇逃离,临行前还匆匆封了酒窖,锁了大门。

"那位李家小子又来了,两年来了八回,阴魂不散啊!"老道自言自语,"听说这家伙又爱喝酒,又好吹牛,说话没谱,乃是方圆百里头一个莽撞之人!贫道可不伺候他!"

于是李白照例扑空,又一次和道士失之交臂。空气中还飘着微微的酒香,但大门紧锁,斯人已不知去向。

李白惆怅地留下一首诗,就叫《访戴天山道士不遇》:

犬吠水声中,桃花带雨浓。

树深时见鹿,溪午不闻钟。

野竹分青霭,飞泉挂碧峰。

无人知所去,愁倚两三松。

只有怀着遗憾离开了。别离之际,李白转头对山下大吼一声:"我来了,大唐!"

吼完他摸摸头,怎么都没有回声啊。

二

李白这一声大吼,当时确实基本无人在意。

在开元七年时,文化界最轰动的事是高僧金刚智、不空来到唐朝,传法译经。他们和之前已到达长安的善无畏一起被称为"开元三大士"。并没有多少人注意到,一个叫李白的青年要出山了。

对这个世界来说,李白,就像是忽然从天上掉下来的。

他的籍贯无从查考。相比之下,唐朝几位顶尖诗人王维、杜甫、白居易、李商隐等至少都有明确籍贯,以及父祖辈姓名来历。李白却是个谜,他家是所谓"国朝已来,漏于属籍",很难确知是从哪里来的。关于李白出生地最远的说法是中亚碎叶,远在现今吉尔吉斯斯坦境内。

甚至,就连李白家之前是否姓李,也有些含糊。他家祖上是流配犯人,貌似曾经改易过姓氏,一度并不姓李,到李白出生,父亲才指着李树恢复了李姓。[2] 如此多的谜团,甚至导致有人相信李白不是汉人,而是胡人。

辞别了匡山之后,这个天上掉下来的人开始游历巴蜀,走访成都、青城、峨眉。他带着宝剑,喝醉之后往往拔剑起舞,吟诵《楚辞》《庄子》或是古乐府的诗句。借着酒意,他常说自己是鲁仲连、张良、谢安那样的古代贤人,要成不世之功,然后功成身退。

很棒啊，那你打算什么时候去科举考试呢？朋友们问。

这正戳到了李白的痛处。因为没有合规的家世谱牒，加上是商人之子，他几乎不可能取得考试的资格。

"考试？"李白说，"我要保送！"

当年张良、司马相如是靠考试而成功的吗，不都是靠盖世的才情博得圣明青睐，直接保送的吗？我要像古时的贤士那样，以白衣而取卿相。李白相信，现实和梦想之间只隔薄薄一层纸，用我磨的绣花针，一捅即破。

不多时，李白的目标来了。当时礼部尚书苏颋来益州做长史，苏颋不但是高官，而且是文坛重量级人物，和张说齐名。即将二十岁的李白于路中投刺，也就是递名片。"刺"就是小木片做成的名片。

苏颋接见了年轻的李白，对下属们赞誉了一番：

"这后生天才英丽，下笔滔滔不绝，虽然风力还没完全成形，但已看得出博学有才。倘若再加把劲深造，可以比肩司马相如呢。"

等他说完，李白眨巴着眼："就这样？您不打算举荐我吗？"

苏颋捻着胡子犯难："这个嘛……"

李白说那请您把刚才的好评再说一遍吧，我记下来，日后好把这些话拿去，说给别人听啊！[3]

人生中的第一次重要干谒活动，以地方领导的一条口头高度评价收场。李白既感振奋，又怅然若失。

此时的盛唐诗坛高手迭出，新一代天才已陆续崭露头角。同龄人王维早已名动长安，被诸王当作贵宾，甚至待之如师友。后辈杜甫还是总角之年，但也已渐渐在洛阳交识名流，在岐王宅里听李龟年的乐曲。

李白也跃跃欲试。转眼已是开元十三年（725），李白二十四岁。他辞别亲人，踏出了蜀地，一人一剑，轻舟东去。船漂向三峡，一抬头又见月亮，那是在蜀地看了二十多年的月亮。李白留下一首《峨眉山月歌》，作为对故乡和故人的告别：

> 峨眉山月半轮秋，影入平羌江水流。
> 夜发清溪向三峡，思君不见下渝州。

这番漫游，李白足迹踏遍湖北、湖南、江浙，向南最远来到湘南的九嶷山一带，已接近广西，向东最远则到达大海。

于是乎，各地的酒馆里就出现了这么一位奇人：

他形象奇特，两眼精光闪闪，瞪着你的时候就像头小老虎，目光中总是充满了锐利和兴奋。[4]

他极其能喝，又特别爱说话、交朋友，一说到创业、干大事就滔滔不绝，但却老讲不明白自己的来历，一会儿陇西一会儿峨眉一会儿金陵一会儿山东，云山雾罩。他还不时声称自己祖上很显赫，来历不凡，自称李广的后代、凉武昭王李暠九世孙，是李唐皇室的宗亲，可又似乎没什么凭据。

有人觉得他是来历奇特的异人，也有人觉得他是形迹可疑的江湖骗子。

这个年轻人还特别爱自夸，口气非常大。他给一位少府回书，这样形容自己：

> 近者逸人李白，自峨眉而来，尔其天为容，道为貌，不屈己，不干人，巢、由以来，一人而已。
>
> ——《代寿山答孟少府移文书》

用今天的话说就是颜值逆天、器宇非凡，从不委屈自己、不干谒别人，自上古大贤巢父、许由以来，只此一人而已。

不但语出惊人，此人做事也极其奔放，特立独行，甚至惊世骇俗。比如他葬友的行为。

在游楚地的时候，同行好友吴指南不幸殁于洞庭湖畔。李白号啕大哭，把朋友草草葬了。几年后他带着刀回来了，将吴指南遗体找出，一番削洗，清去皮肉，将骨头打包到几百里外的鄂城之东安葬。

干完这些，李白插刀问旁人：我是不是很讲义气？旁人目瞪口呆：义气当然是义气，就是怕吓着小朋友。

这些奇特的行径，导致有人忌惮、怀疑李白，但也有人被他深深吸引，与他订交。毕竟李白非但有才、有个性，还很有钱。

东游维扬，他挥金如土，遇见手头拮据的落魄公子就大方接济，不到一年散金三十余万。

金陵的酒肆里，他在飘飞的柳花中酣饮，醉倒在春风之中。他向朋友们喷吐着信手拈来的绝美诗句，浑未察觉人生已经快步入夏季：

> 风吹柳花满店香，吴姬压酒劝客尝。
> 金陵子弟来相送，欲行不行各尽觞。
> 请君试问东流水，别意与之谁短长。
>
> ——《金陵酒肆留别》

三

这年，李白来到了长安。[5] 这是写满荣耀和诱惑的地方，也是充满阴谋和诡诈的所在。李白坦然无惧，只因为一份自信：

"三十成文章。"

他相信自己的文学已经大成了，当扬名京都、横扫天下，像后人说他的"生时值明圣，发迹恃文雄"，有什么怕的呢？

没错，他的才华太耀眼了。前文中我们已看到了李白青年时的几首诗，无论是《峨眉山月歌》还是《金陵酒肆留别》，都清丽流畅，感情也真挚动人，简直让你瞬间被他征服打动，恨不得追之而去，与之同游。

但你是否发现了一件事，戴天山的道士也好，蜀中的朋友也好，金陵子弟也罢，李白这些动人的诗都是写给同一类人的：朋友。换句话说，都是平等交往的对象。

当他对身份相近的朋友说话时，他是个语言的天才，是文字和情感的魔法师，"请君试问东流水，别意与之谁短长"，说出来的话就像这样动人。

而当他踏上干谒求官之路，面对那些权贵、上位者的时候，就会瞬间失去这种自如的感觉，不管是举止还是文字，都会变成另一种状态：拧巴、挣扎。他的不靠谱会忽然放大，变得既剽悍又唐突。

偏偏长安城里，最少的是朋友，而多的是高高在上的权贵和莫测高深的路人。

在长安，他拜谒了不少权贵，包括走了玉真公主的门路。这或许是依靠了他妻子家族的关系，几年前他在湖北安陆成婚，妻子是前朝左相许圉(yǔ)师的孙女。也有一种可能是知名道士司马承祯的引荐。

但李白没得到王维一样的待遇，他们并不真正接纳他入圈子。

玉真公主是李白重点攻关的对象。李白写诗给公主，拿她对标王母，赞誉到极点：“玉真之仙人，时往太华峰。清晨鸣天鼓，飙欻（biāo xū）腾双龙。弄电不辍手，行云本无踪。几时入少室，王母应相逢。”说玉真公主飞天腾云、手弄雷电，活像漫威的惊奇队长。

李白也受到了公主的招待，被安置在终南山别馆，相当于一处山间会所。然而对他的供应保障并不到位，还遇上了大雨，山间爆发泥石流，别馆饮食断绝。无人理会李白，他说自己甚至得去讨饭。

李白深感失望、怨艾，甚至产生了一种被愚弄的感觉。如果遇到这种情况的是王维，他或许不会声张。倘是杜甫，跳不跳脚在两可之间。但李白却是绝不会闭口不言的，他要大声嚷嚷。他写了两首诗给卫尉张垍抱怨此事，题为《玉真公主别馆苦雨赠卫尉张卿二首》，其中一首有这样几句：

> 饥从漂母食，闲缀羽陵简。
> 园家逢秋蔬，藜藿不满眼。
> 蟏蛸（xiāo shāo）结思幽，蟋蟀伤褊浅。
> 厨灶无青烟，刀机生绿藓。
> 投箸解鹔鹴（sù shuāng），换酒醉北堂。
> 丹徒布衣者，慷慨未可量。

何时黄金盘,一斛荐槟榔。

从诗中看,李白确实是过得没一点贵宾的样子,食物只余一点稀稀拉拉的野菜,厨房里没有炊烟,无人做饭。因为潮湿和长时间荒弃,厨具上都长了绿藓,非常恶心,触目可见蛛网横飞、蟋蟀出没,真是困厄之至了。为此李白发了一大通牢骚,最后高唱:有朝一日,我要像南朝的刘穆之一样发达,打那些瞧不起我的人的脸。

刘穆之是江苏丹徒人,曾因穷困跑到岳丈家蹭饭,想吃槟榔,被舅子笑话说吃槟榔容易饿,不适合你。后来他咸鱼翻身做了丹阳尹,用黄金盘装着槟榔给舅子吃,以示扬眉吐气。[6]写最后这一小段赌气发泄的诗句时,李白还特意换了韵,使得句子更加飞扬、明亮。

李白这两首诗,名义上是写给张垍的,但其实是一种"兼呈",大概也是想让玉真公主看到,意谓瞧瞧您搞的这个接待。

其实这是很不讨喜的。站在玉真公主这样一位强势甲方的角度,看到李白的大通抱怨牢骚,会做何感想?大概并不是反思自己不够礼贤下士,只会不满李白怎的如此狂悖难搞。

但凡公主稍微褊狭一点,李白对她的一切恭维和逢迎都将前功尽弃,诸如"玉真之仙人""王母应相逢"等话,不但再无助于拉近关系,还将起到反面效果,显得此人心口不一,亦毫无涵养底蕴，稍有不满就要反目掀桌。

这就是权力关系中的游戏规则：伏低做小，就要全盘做足；巴结权贵，就要首尾如一；有求于人，就要食得咸鱼抵得渴。这些潜规则和李白心直口快、剽悍莽撞的性子从根本上说就是抵触的。李白对这些所谓规则非但做不到，似乎连想都想不到。

在长安，也有人是真爱李白的，都是一些包容性很强、较为潇洒超脱的人，比如贺知章。

当李白初到京师，名声还不响时，贺知章读了他的《蜀道难》，惊呼为"谪仙人"，解下金龟换酒，与李白痛饮共醉。

"谪仙人"三个字，贺知章批得妙极，李白也钟爱至极。因为这三个字不但显己之长，而且还隐己之短。

它完美解释或者说舒缓了李白心头的难言之痛，包括说不清楚的籍贯来历、门第家世。"谪仙人"嘛，今世的一切孤寒、微贱、落魄、狼狈都可以说得通了，也不必过多追问了，因为我本就是天上谪来的啊！

四

开元二十二年（734），李白在襄阳。这年他三十三岁，还在青春期，因为他的整个人生就是漫长的青春期。

为了心中经邦济世的梦想，他继续热情如火但又情商欠费地奔走着。他向荆州长史兼襄州刺史韩朝宗去信自荐,书信名为《与韩荆州书》。

谒求于人,尤其是不相熟的体制内官僚,措辞一般应当妥帖、稳重、热情但不唐突。李白恰恰相反,其干谒文字的主要特点就是三个:捧得高、求得急、说得重。

李白先竭力颂扬了一番韩朝宗,使劲极猛:"生不用封万户侯,但愿一识韩荆州。……君侯制作侔神明,德行动天地,笔参造化,学究天人。"这就是所谓捧得高。

再者是求得急,反复强调渴望笔试面试,但规格务必高一点:"必若接之以高宴,纵之以清谈,请日试万言,倚马可待。……请给纸墨,兼之书人,然后退扫闲轩,缮写呈上。"

也真是很可爱,求人,却又给人提条件,要高级宴会、要主题演讲。

非但求得急,话也说得重。李白在书信中发出了灵魂一问:"君侯何惜阶前盈尺之地,不使白扬眉吐气,激昂青云耶?"意即您家里难道差我一块地方吗?为啥非不让我扬眉吐气呢?

这封信,集中体现了李白的求人风格:你很棒,但是你先跪下,来求我吧。

另一次,李白写信给安州长史裴宽,也是一样路数:

若赫然作威,加以大怒,不许门下,逐之长途,白即膝行于前，再拜而去，西入秦海，一观国风，永辞君侯，黄鹄举矣。何王公大人之门，不可以弹长剑乎？

——《上安州裴长史书》

意谓您可别给我脸色，此处不留爷，自有留爷处，哪个王公大臣处不能混碗饭吃，您不识货我可就走了。让裴宽自行考虑后果。[7]

几封书信，远不是李白莽撞人生的顶峰。他真正的神来之笔是在皇宫里。传说中，他把脚伸给了天下最有权势的人之一高力士，让其为自己脱靴。

天宝元年（742），已过四旬的李白奉召进京。不知是玉真公主、贺知章还是道士吴筠哪条线起的作用，李白进入了玄宗的视线，被召见于殿上。

多年的梦想忽然变为现实了。出发之前，他到南陵家中辞别了孩子，吃了一只鸡，仰天大笑着离开：

> 白酒新熟山中归，黄鸡啄黍秋正肥。
> 呼童烹鸡酌白酒，儿女嬉笑牵人衣。
> 高歌取醉欲自慰，起舞落日争光辉。
> 游说万乘苦不早，著鞭跨马涉远道。

会稽愚妇轻买臣，余亦辞家西入秦。

仰天大笑出门去，我辈岂是蓬蒿人？

——《南陵别儿童入京》

面圣之时，李白受到的礼遇很隆重，玄宗"以七宝床赐食，御手调羹以饭之"，这里的"饭之"不应理解成直接喂饭，玄宗应当是礼节性地亲手调和了一下羹食，赐予李白，有"解衣推食"之意，以示郑重和亲切。

尔后，李白最被后世津津乐道的传奇场面之一出现了，据说他展足向玄宗宠臣高力士，让其脱靴。高力士惊呆了，听过这厮莽撞，没想到如此莽撞。自从开元中期以来，高力士就权倾朝野，四方表奏都先送他，几时帮人脱过靴？

傲岸不群的才子公然折辱权宦，这种段子人们当然喜闻乐见。于是它在后世不断被添油加醋，在高力士脱靴之外，又加上了杨贵妃捧砚、杨国忠磨墨、唐明皇拭吐种种情节，并且还有了高力士挟恨报复，向杨贵妃进谗言诋毁李白等后续剧集。

高力士这就有点百口莫辩了。事实上，"力士脱靴"这件事，李白本人和亲友都只字未提，同时代也未有任何旁证。

李白去世后，族叔李阳冰为其作《草堂集序》，大力渲染了他见驾时的隆重场面，却一字未提力士脱靴。当时高力士坍台失势已经数年，本人都已死去，假如李白真让其脱过靴，此时压根也没什么好避讳的，何必不提？

追本溯源，"力士脱靴"一事目前已知在唐朝的记录有两处，一处是中唐李肇的《唐国史补》，另一处是晚唐段成式的《酉阳杂俎》，两本书都是笔记小说，均非严谨的史书。

有趣的是，在稍早一点的中唐李肇的故事里，高力士并没真正出手脱靴：

> （李白）引足令高力士脱靴，上命小阉排出之。

李白仅仅是提出要求，就被皇帝让人给搡出去了，最多算肇事未遂。[8]

而到了晚唐段成式的故事里，情节变了，李白不再是未遂，而是已遂，高力士被迫真的脱靴了：

> 李白名播海内，玄宗于便殿召见，神气高朗，轩轩然若霞举。上不觉忘万乘之尊，因命纳屦。白遂展足与高力士曰："去靴。"力士失势，遽为脱之。及出，上指白谓力士曰："此人固穷相。"

脱靴之后，作者又加了一个尾巴，称玄宗指着李白背影嘲讽了一句："此人固穷相。"意谓这人上不得台面，是个乡巴佬。

中唐时还没脱下来的靴子，到晚唐时就脱下来了，这再次说明故事是会演变的。在时光的长河中，人们为了增加所谓"爽点"，会按照喜好不断去改造故事，添枝加叶，让它越来越戏剧化。李白让权贵脱靴，居然未遂，自然"爽点"不够，于是慢慢就改成已遂。只折辱一个高力士，不够过瘾，于是后世就再加上杨国忠、杨贵妃，乃至安禄山等。

更让人感慨的，是唐代这两则记录里玄宗的反应。

不管是让人把李白"排出"，还是出言笑话李白"固穷相"，都是玄宗对李白举止的不以为然，这里没有丝毫的赞许欣赏，纯粹是不屑。

尽管李白风采照人，"轩轩然若霞举"，但在玄宗眼里却是举止荒疏、稍宠则骄、不识上下尊卑。他在李白身后留下的这一句"此人固穷相"，含义很复杂，既是一种对心灵受伤的宠臣高力士的补慰，也带有一种鄙夷意味：给点颜色就开染坊，乡巴佬果然是乡巴佬。

这次面圣之后，李白得以待诏翰林，给玄宗撰写些文词。然而李白很快发现梦想照不进现实，不少人排挤诋毁他，用他自己的话说就是"贱臣诈诡"。随着工作环境日益恶劣，他渐渐产生了离开的念头：

晨趋紫禁中，夕待金门诏。

观书散遗帙，探古穷至妙。

片言苟会心，掩卷忽而笑。

青蝇易相点，白雪难同调。

本是疏散人，屡贻褊促诮。

云天属清朗，林壑忆游眺。

或时清风来，闲倚栏下啸。

严光桐庐溪，谢客临海峤。

功成谢人间，从此一投钓。

——《翰林读书言怀呈集贤诸学士》

这是李白写给众学士的诗，几乎是一次公开的吐槽。工作上他已经懈怠了，用当下流行的说法就是整天摸鱼，看闲书、翻古籍，自得其乐。周围的恶意不期而至，"青蝇易相点，白雪难同调"——谣诼中伤不断，单纯洁净的他经常受到青蝇的玷污。他越发怀念自由自在的生活，忍不住想象自己抛下负担、凭栏舒啸的场景。

即便在这时候，李白的想法仍然是"功成谢人间"，期望建了功再离去。而玄宗已经厌烦了李白，不再给他"功成"的机会，将他赐金放还。整个供奉翰林的时间加起来才不到两年。

一代天才，就此结束了与唐王朝仅有的一次正式合作，带着骄傲和屈辱交织的记忆，隐于尘烟。

天宝三载（744），也就是玄宗放还李白的这年，大唐的盛世仍然在延续，表面上仍然平静而热闹。

胡人将领安禄山在这一年又领了范阳节度使，从此身兼平卢、范阳两镇，还得到朝中奸相李林甫等人的交口称赞，势力急剧扩张。

至于太平天子李隆基，则又考虑起了给自己放长假的问题，打算把一切政务大权交给李林甫，连高力士都不能阻止。另外，那个欣赏李白的忘年交贺知章也在这一年去世了。

李白就是在这个时节离开长安的。他的背影无比孤寂萧瑟，却又不甘、倔强。在此番东去的路上，他会遇见一个人——杜甫。和李隆基、韩朝宗、张垍等权贵不同，那将是一个识货的人，一个真正欣赏李白、崇敬李白的人，他将会给李白以山海般真诚的尊重和温暖。

也是李白剩余人生中为数不多，甚至已是屈指可数的尊重和温暖。

注释

〔1〕 戴天山之方位,以及和匡山的关系,众说纷纭。笔者走访过匡山,当地学者和老乡称,匡山之后相连一座山即为戴天山,现名吴家后山。笔者探访了这座山,植被茂盛、风景清幽,只是不知是否当年的戴天山。

〔2〕 唐范传正《唐左拾遗翰林学士李公新墓碑并序》:"公之生也,先府君指天枝以复姓。"

〔3〕 李白投刺苏颋是在开元八年(720),将二十岁时。苏颋给予李白如此高的评价,却并未有任何帮助或举荐的实质举动。而李白无论内心对苏颋的表现是否满意,至少对这段评语是牢记在心、无时或忘的,乃至到了三十多岁时见到安州长史裴宽还向他复述了一遍。

〔4〕 唐代魏颢《李翰林集序》称李白长相:"眸子炯然,哆如饿虎。""哆"的意思本为张大嘴,可引申为张大之意。说李白张大嘴像老虎,虽然非绝对不行,但略奇怪,相比之下似乎理解为目光炯炯,瞪大眼时神态如老虎更顺畅些。此外崔宗之《赠李十二白》称李白"双眸光照人",崔宗之和李白同为"饮中八仙",对李白的描述应该也较准确,可见李白双眼有神,让人印象深刻。

〔5〕 当前主流观点一般认为李白一生两入长安。二十世纪六七十年代开始,稗山《李白两入长安辨》、郭沫若《李白与杜甫》先主张两入长安说,也就是在天宝年间供奉翰林之前,李白还曾于三十岁左右时去过一次长安。至郁贤皓发表《李白两入长安及有关交游考辨》(《南京师范学院学报》1978 年第 4 期)后,"二回说"渐渐成为主流。

〔6〕 刘穆之后来养成了吃饭时爱聚众饕餮的习惯。《宋书》记载:"(刘穆之)

性奢豪,食必方丈,旦辄为十人馔。穆之既好宾客,未尝独餐,每至食时,客止十人以还者,帐下依常下食,以此为常。"他本人陈述这和小时候家里贫贱有关系。

〔7〕 杜甫其实是半个李白,他写给尚书左丞韦济的诗,措辞几乎一样:"今欲东入海,即将西去秦。尚怜终南山,回首清渭滨。常拟报一饭,况怀辞大臣。白鸥没浩荡,万里谁能驯?"连比喻都类似,只不过略少了李白奶凶奶凶的恫吓。

〔8〕 后来五代人作的《旧唐书》也大体采信了这一则,只不过《旧唐书》把推搡出去改成"斥去",也就是呵斥出去。

为什么他们不喜欢李白

> 当年宫殿赋昭阳,岂信人间过夜郎。
>
> ——辛弃疾

在后世,同情李白的人不停追问一个问题:为什么?为什么李白生活在一个盛世,却如此坎坷;为什么他诗才盖代,也一直很努力地拓展交际圈,但得到的帮助却寥寥。

原因当然是复杂的,而首先就是时代的原因。且不论李白是否真有经邦治世的本事,这时候的大唐王朝,从君主到大臣,早已经没有了破格任用人才的动力了。

李白这个人非常向往古代,尤其是春秋战国时代。他做梦都怀念能破格选贤任能的平原君、燕昭王:

> 揽涕黄金台,呼天哭昭王。
>
> ——《经乱离后天恩流夜郎忆旧游书怀赠江夏韦太守良宰》

昭王白骨萦蔓草，谁人更扫黄金台。

——《行路难》

然而平原君、燕昭王那个时代与大唐有本质的不同。别的不谈，仅论一点，那时候的君王时刻面临残酷竞争：施行一个良策，或许就能富国强兵；听信一句谎言，也许就身死国灭。要竞争就需要人才，所以春秋战国的统治阶层尚有破格用人的动力，士人也有待价而沽的环境和资本。

做个假设，倘若李隆基乃至于韩朝宗、裴宽是战国时代的君王大臣，国家时刻被敌国威胁，哪怕李白任性鲁莽，只要有才，或许也有机会被认真对待。

而到了唐朝时，情形已然不同，统治者只此一家，别无分店。他们已然非常自信，觉得用几个庸才，听几句谀辞，宠几个小人，干几桩烂事，根本无损大局。他们的根本利益只在于一个——稳定。稳定的统治，稳定的官僚制度，稳定的利益输送渠道，稳定的温顺的人民。从本质上说，他们厌恶平民飞扬跳脱、不安分，厌恶平民企图跨越阶层却又不肯走正常渠道，厌恶平民没上没下、无视秩序尊卑。所以他们其实从骨子里厌恶李白。

事实上，在唐代，这种厌恶的程度还算轻的，所以才能涌现李白这样的莽撞人。到了宋元明清，厌恶逐渐升级，直至顶峰，别说得志的李白不可能出现，连唐朝这种"失意的李白"也完全没有存在的土壤了。这就是李白坎坷不遇的时代原因之一。

除此之外，也有李白个人的原因，这便是个性和情商问题了。

李白完全不具备在那个官僚体制内生存所需要的基本素质：妥善、周到、圆融、分寸感，同时又有不顾一切的赌性。那种环境下，一个人要骤然上位，既要有稳定的情绪，又得在必要时为上位者豁出去，无视底线地做事。

李白不是缺失了某一项，而是压根一项都不具备。

好比他入住玉真公主的终南别馆，因为待遇恶劣，公开大声抱怨。在读者看来，这是率真可爱的，也是很值得同情的。然而在玉真公主眼里，可能是另一回事：有必要这样大声嚷嚷吗？

尤其是有问题不向我反映，却向他人抱怨，写诗给张垍，传之公卿，布在人口，显得我轻贤慢士、待客无礼，是可忍，孰不可忍。

不妨再剖析一下李白的几封干谒书信。上文已经点到，却没有展开，这里稍微花点工夫细读，因为它实在可以帮我们更深地了解李白。

周勋初先生有一段话，说得很中肯："李白……在行卷之时……常对对方有所揄扬。有的书信中，或因自身处境窘迫，或因对对方期望过高，言词陷于卑屈，对对方则揄扬太过。"

对韩朝宗的褒扬正是一例，上文已有，不多赘述。这里再举给裴宽的信，开篇也是一样路数：

> 君侯贵而且贤，鹰扬虎视，齿若编贝，肤如凝脂，昭昭乎若玉山上行，朗然映人也。而高义重诺，名飞天京，四方诸侯，闻风暗许。倚剑慷慨，气干虹蜺……故时节歌曰："宾朋何喧喧！日夜裴公门。愿得裴公之一言，不须驱马将华轩。"
>
> ——《上安州裴长史书》

和奉承韩朝宗一样，李白又是熟悉地植入了几句真伪难辨的江湖歌谣，前者是"生不用封万户侯，但愿一识韩荆州"，后者是"愿得裴公之一言，不须驱马将华轩"。其中一些揄扬之词也很怪异，如"齿若编贝，肤如凝脂"。裴宽是高宗永隆二年（681）生人，当时已五十多岁[1]，一位古代的五旬大叔，"齿若编贝，肤如凝脂"，不知从何说起。

这样夸官员似乎是李白一直以来的习惯，提笔就来。初至安陆时，李白误冲撞了长史李京之的车驾，便上书赔罪说：

> 伏惟君侯明夺秋月，和均韶风，扫尘辞场，振发文雅。陆机作太康之杰士，未可比肩；曹植为建安之雄才，惟堪捧驾。
>
> ——《上安州李长史书》

称曹植、陆机都不及李京之的才华，恐怕李京之自己看到都不敢信。类似这般的奉承，显得空洞堆砌，活像相声贯口，给人的感觉是缺乏真诚,对对方也不够了解。

事实上,夸人的关键,是夸中窍要。金庸小说中赵敏夸明教群雄,"一褒一赞,无不词中窍要",这是高明的,即夸中别人最得意的事。李白对此却并不大讲究。

他浮夸的揄扬,容易使对方狐疑,让领导有种"信了你就中了你圈套"的感觉。而反过来,李白文字缝里所掩饰不住的倨傲,又会让这些恭维显得很虚假,像是捏着鼻子夸人。

尤其是在一番恭维之后,李白便会急迫地提出提携要求,并且说一些奶凶奶凶的恫吓之言,仿佛是充值后立即要求兑换筹码的孩子。例如他提醒裴宽不得傲慢无礼,否则自己将决绝永辞,天下王公大臣很多,不差裴宽一位。

站在裴宽的角度,这话是很滑稽的:敢情你把我夸耀得那么好,却一点不把我往好处想,我家的饭你还没吃上,先就想着摔盆砸碗了。

又如李白诘问韩朝宗的那句:"君侯何惜阶前盈尺之地,不使白扬眉吐气,激昂青云耶?"从人之常情出发,韩朝宗看了大概只会噎住:我们并不熟啊!让你扬眉吐气,并不是我的义务啊!怎么还道德绑架上了?[2]

最后的结果当然不尽如人意,李白没得到想要的结果。

书信的目的,归根结底是沟通。而沟通的关键,是先洞悉别人的立场,再触动别人的心意。

对比之下，古代书信散文名篇李密《陈情表》、丘迟《与陈伯之书》等，都是感情真挚，并且能从对方立场考虑问题的，所以沟通都非常成功，文学价值也很高。这也是为什么李白明明才高八斗，可他的这些文章却算不上最优秀的散文——即便算，也是《春夜宴从弟桃花园序》一类家常小品，而非这些孩子气的自荐书文。

每谈及权贵们对李白的冷淡，人们往往爱说一个词——嫉贤妒能，仿佛不待见李白的只是那些体制内的坏人。

事实上我敢说，不只是体制内的坏人不会喜欢李白，哪怕当时见识水平中等的官僚，也大概率对李白爱不起来——森严的等级社会里，谁会喜欢一个平民来信呵问"君侯何惜阶前盈尺之地，不使白扬眉吐气"呢？在他们的观念中，好话不会说，起码得会说人话吧，否则我阶前之地给谁不好，非要给你？

李白的"不会说话"，不擅于对上沟通，也与自身的背景经历有关。

他的家庭背景，使他自小很难获得这方面的培训。王维、杜甫都出身仕宦之家，能提供一些相关的教育濡染，李白却不行。当别的孩子已早早地"成熟""精明"的时候，李白还是虎里虎气，说得好听点就是"太白唯其入世不深，故有高致"。

而当成人历事之后，李白那棱角突出的性格、不世出的才华，又使他完全不接受这方面的情商改造。他的才华，使他非常自负；

他的身世和处境，又使他深深自卑。两者缝合起来，便造就了这个"对上沟通"时拧巴、唐突、矛盾的李白，貌似不卑不亢，实则又卑又亢，使他连钻体制的最后一丝缝隙也难能了。

在这方面，杜甫、王维的经历恰恰是旁证。王维是反面的李白，是一个周至、妥善、圆润的人，所以际遇也相对最好，即便一度遇到了致命的坎，也最终平安渡过。这一节后文会提到。

杜甫则算是半个李白，有一半李白的傲、倔、愣，终于得了官身也保不住。

注意，以上这些对李白的评判，只是从他干谒的实际效果出发的。我们心疼的并不是韩朝宗、裴宽等人，而恰恰是李白。权贵们扫了几眼信之后，多半轻嗤一声就抛之脑后了，创痕却是留在李白心灵上的。

每读到李白那些纠结的干谒文字，你便会知道他在做着特别不擅长、不乐意的事。他莽撞的背后是深深的拧巴和迷茫。写那些信的时候，他真的是非常、非常不快乐。

注释

〔1〕 从文中"迄于今三十春矣"的话来看,这封信应作于李白三十岁上,裴宽应该已五十多岁了。况且文中称裴宽"晚节改操",必定年纪不轻。

〔2〕 马鞍山采石矶李白纪念馆有一副对联,非常有趣。上联是:"谢宣城何许人,只凭江上五言诗,教先生低首。"下联是:"韩荆州差解事,肯借阶前盈尺地,使国士扬眉。"

莽撞人你可比不了

前文中我们讲李白仿佛是个孩子，低情商，自我中心，情绪不稳定，莽撞。

照这么说，这个人应该无比讨厌才对。那便无法解释一个问题了：为什么千百年来，人们如此爱他？

中国是诗歌的国度，士大夫几乎人人会作诗。但数千年来，无数诗人中，可说没一个在大众层面得到过比他更多的热爱，甚至屈原、杜甫都不行。

老百姓对屈原是尊崇怀念，对杜甫是敬重钦佩，但对李白是彻头彻尾的喜爱，是那种对偶像的忍不住尖叫的爱，是那种提到他就想笑的爱。在人们心中，他永远是校园里白衣飘飘、最神采飞扬的那个少年，仿佛是一道月光、一抹彩虹、一片飘逸的云朵。

他不是"自我中心"吗，不是低情商且莽撞吗，这种可爱是怎么来的呢？

先说他第一个极度可爱之处，孤独的李白是可爱的：

花间一壶酒,独酌无相亲。

举杯邀明月,对影成三人。

月既不解饮,影徒随我身。

暂伴月将影,行乐须及春。

我歌月徘徊,我舞影零乱。

醒时同交欢,醉后各分散。

永结无情游,相期邈云汉。

——《月下独酌》

孤独,是我们无法摆脱的处境,也是每个人最终的归宿。艺术的使命之一,就是让我们对抗孤独。为了逃避孤独,我们努力地去合群、寻找爱情、结交朋友、迎合社会、讨好他人,这一切都是为了不孤独,然则做起来又总倍感艰难。

而李白大概是为数不多的可以和孤独打成平手,甚至短时间内战而胜之的诗人。

月下独酌的这个夜晚,李白无疑是孤独的,他没有朋友,但却能生生给自己安排两个朋友:影子与明月。"举杯邀明月,对影成三人",再加上酒,他就不可战胜了。晚上不点蜡烛而喝酒,原本叫"鬼饮",李白却喝得眉飞色舞、意兴昂扬,哪怕月亮和影子两个玩伴都"不解饮",不会喝酒,也不影响他"行乐须及春"。

"我歌月徘徊,我舞影零乱",李白一个人的酣饮,简直比宁王、岐王的欢宴还热闹;他独自一人的且歌且舞,比"玉箫金管坐两头"的场面还豪奢。这个时候的李白是不可战胜的,他的天真、豁达,组成了最有力的精神武器,让孤独溃不成军。

李白靠一己之力,改变了整个民族的记忆方式。他把"月下独酌"这样一个原本特别寂寞的场景,永远地变成了我们印象中的欢闹盛宴。因为有个这样的李白,每当后世的我们面对孤独、落寞的时候,都会无端生出一点勇气,增加一点通达和乐观。

这样一个李白,人们怎么会不爱呢。

李白和杜甫,都是深情之人。据说《红楼梦》里原本有个"情榜",林黛玉是"情情",就是说能够钟情那些有感情的事物,而贾宝玉是"情不情",对没有感情的东西,哪怕草木顽石,也抱以深情。

套用这个说法,李白就是"情不情",对天上的月亮、地上的影子,李白都能给它们点化灵魂、贯注深情,一起欢闹,最后还挥手分别,真的像对待老朋友一样。

除了孤独时可爱,李白还有第二样可爱,和朋友在一起时,他是可爱的:

> 兰陵美酒郁金香,玉碗盛来琥珀光。

但使主人能醉客,不知何处是他乡。

——《客中作》

和权贵在一起时,李白往往拧巴。但只要面对平等相交的朋友,他的情商仿佛瞬间就满格了,人格瞬间就健全了。"但使主人能醉客,不知何处是他乡。"何止他开心,主人听见这话,又能不开心吗?

脱离了莽撞人的状态,李白会变得细腻、温柔、潇洒又深情。你对于他的善意,他一定能感知到,并且绝不吝于给你用力的回馈与拥抱:

李白乘舟将欲行,忽闻岸上踏歌声。
桃花潭水深千尺,不及汪伦送我情。

——《赠汪伦》

这首小诗,是送给一个叫汪伦的朋友的。

汪伦是安徽泾县人,有说他是当地一个村民,也有说他是泾县的县令,或是地方上的大户。即便是县令,和韩朝宗、裴宽等权贵大员相比,那也算是普通人。

李白对韩朝宗、裴宽等权贵说话时,动辄要高档宴会、要长篇发言,似乎眼大心雄,很难满足。可是对普通人汪伦而言,打动李白，只需要一场真诚的相送就可以了。

"李白乘舟将欲行，忽闻岸上踏歌声"，你分明能感受到李白的那种惊喜。汪伦送别他一下，搞点土味的踏歌表演，他就惊喜了，当作了人生中至为美好的时刻，开心到直接挥出两句大俗的句子："桃花潭水深千尺，不及汪伦送我情。"看似大俗，其实大雅，信手拈来却又重如千钧。

人们总说，这首诗的美好，在于写出了深厚的友谊。错了，这首诗最动人的还不是友谊，而是另外两个字——平等。

一个"李白"，一个"汪伦"，是诗中平等出现的名字，简单，直白，赤诚，不是"李生"，不是"汪公"，不是"孟夫子"，不是"高中丞"，而就是两个最朴素的人名，如白云、黑土一样。汪伦来送了，李白很高兴，这就是诗的全部内容，完全没有了社会身份，也没有名气高低，没有取悦迎合，没有客气套话，大家在人格上完全平等。

平视，是人类之间最动人的视角。为什么我们读这首诗，总会感觉和别的离别诗、留别诗都不大一样？区别就在于这种动人的平等。

除了以上几种可爱，李白还有一种可爱：和底层的人在一起的时候，他是可爱的。

在他的诗集中，有这样的诗：

云阳上征去，两岸饶商贾。

吴牛喘月时，拖船一何苦。

水浊不可饮，壶浆半成土。

一唱都护歌，心摧泪如雨。

万人凿盘石，无由达江浒。

君看石芒砀(dàng)，掩泪悲千古。

——《丁督护歌》

在四处漫游的时候，李白看到了拖船的民夫，为他们写了这首诗。

酷暑难耐，天旱水涸，大船巨石要靠人力拖挽，劳动强度可想而知。然而民夫们却连口清水也没有，喝的水都是浑浊的，掺杂着泥沙。当精疲力竭的号子声响起时，李白不禁泪下如雨。

这些民夫的艰辛，让李白进一步联想到了芒砀山。[1]那里出产文石，自西汉梁孝王刘武以来，历代统治阶层不断开山采石，修建豪华的宫殿陵寝，使当地人民承受了千年不绝的劳役，不知多少底层家庭为之残破，为之流尽血泪。一种类似后世"兴，百姓苦；亡，百姓苦"的强烈悲伤涌上来，使得李白"掩泪悲千古"。

这种诗，是李白即兴写的。他从来没有什么反映民生疾苦的创作计划，纯粹是漫游时遇到，眼中看到、心中痛到，就写下来了,完全出于一片天然的敏感、善良。底层人民的痛,会瞬间让他也剧痛。在潇洒不羁的外表下,李白其实有着一片热肝热肠。

不妨再来看他的另一首小诗:

> 我宿五松下,寂寥无所欢。
> 田家秋作苦,邻女夜舂寒。
> 跪进雕胡饭,月光明素盘。
> 令人惭漂母,三谢不能餐。
>
> ——《宿五松山下荀媪家》

天晚了,李白投宿在五松山下的一户农家。主人叫荀媪,即一名姓荀的老太太。

李白原本是有不开心的事的,所以情绪低落、落落寡合。但他没在自家心事上纠缠过多,而是很快注意到了农家的辛劳——"田家秋作苦,邻女夜舂寒。"

荀媪拿出了家里已算得顶好的食物招待李白——"跪进雕胡饭",让李白深受感动。月光之下,看着晶莹皎洁的盘子和心意满满的食物,李白不停道谢,让了多次都不能进餐。

这是一个人们完全不熟悉的李白。平时,李白总给人桀骜不驯、飞扬跋扈的印象:

痛饮狂歌空度日,飞扬跋扈为谁雄。

——杜甫《赠李白》

天子呼来不上船,自称臣是酒中仙。

——杜甫《饮中八仙歌》

然而,在这个秋日的寒夜,农家的餐桌旁,李白完全是另一副样子。唐玄宗"御手调羹",他大大咧咧,坦然受之;贫苦村民的一顿农家饭,却让他感愧交加、再三谢让。此时的他是何等谦卑、赤诚,他深深懂得底层人民的不容易,打心眼里同情、体恤她们。邻女舂米的声音,可以说一下下都响在他心上。

这世间,一个人跋扈张扬未必可恨,一个人谦恭谨慎未必可爱,关键看是对谁。有些人专门对底层跋扈张扬,对上层奴颜媚骨,那是天下一等一的可厌之人。李白恰好相反,这个"天子呼来不上船"的莽撞人,在面对底层人民时半点也不张牙舞爪,而是谦逊、低调、亲切、温柔——不是那种居高临下、市恩卖好的亲切,而是顺溜的自来熟。这就是李白从来不是什么"人民诗人",可千百年来人们却没来由地亲近他的原因。

闻一多曾比较李杜,说李白有杜甫的天才,没有杜甫的人格。这当真是个误会。李白和杜甫只是外在表现不同,用流行语讲叫"人设"不同,底色却是一样的。如学者杨恩成说:"浪漫是其性格特点，而不是李白的人格特点。"浑金璞玉、赤诚无邪，才是他的真人格。

古往今来，艺术上的顶级天才未必都是品格高尚的人，极自私者有之，极昏聩者有之，极淫邪者有之，极暴虐者有之。但唐诗创造了一个特例。

李白与杜甫，两个站在珠穆朗玛峰顶上的最杰出的诗人，恰恰都有着炽热如火、又纯净剔透如水晶的心灵。

注释

〔1〕 "君看石芒砀"到底怎么理解？清王琦认为芒砀是地名："芒、砀诸山，实产文石……役者劳苦，太白悯之而作此诗。"郭沫若则认为芒山、砀山不在一处，这里也不是地名，而是"迭韵联语"，"石芒砀"就是石莽撞，形容石头很大，拖运很苦，并且说流泪的是石头。事实上，芒砀山历史上产石，导致人民劳苦，那里又是李白旧游之地，他自然熟悉其历史典故。当他看到民夫拖石辛苦时，自然而然就想到芒砀山，所以写入诗里。

与尔同销万古愁

有这么一句关于喝酒的玩笑:其他民族的兄弟喝多了,都是载歌载舞,唯独汉族人喝多了是:"兄弟你听我说。"

然而,在盛唐有这么一号人,喝醉后同样是"兄弟你听我说",同样是一番东拉西扯、吹牛胡咧,却说出了非凡的精彩,造就了流传千古的诗篇。这就是李白和他的《将进酒》[1]。

本文就来品读一下唐诗史上最光辉的"兄弟你听我说"。事实上,这首诗里的李白,也是最典型的李白形象,是人们心目中李白的最大公约数。

什么叫"将进酒"?就是请喝酒、来喝酒的意思。别人喝酒,开场话一般都是客套、家常。李白与众不同,开场话是"君不见,黄河之水天上来",给人感觉是但凡有二两花生米也不至于醉成这样:

君不见,黄河之水天上来,

奔流到海不复回。

君不见，高堂明镜悲白发，

朝如青丝暮成雪。

数千年文化史上，才子如云、酒徒历历，这一句"黄河之水天上来"，大概是最令人意外、也最有名的开场白。

凡人喝酒，关黄河什么事？据说李白写此诗是在嵩山，临近黄河，是否触景生情？事实上李白本就是"情不情"，哪怕世间无情之物，也总能让他情动于心。浩荡的黄河水奔流入海，一去不回，人生之青春岂非也如此？李白想到看到，就要感慨泪下。

他想到明镜里的容颜，早晨一头青丝，晚上就发白如雪，时间的洪流也恰如滚滚黄河。这一句敦煌本里作"朝如青云暮成雪"，我觉得更好，"云"与"雪"更相对。

这诗刚一起头，扑面而来的便是庞大的无力感，几乎立刻要让人绝望了。

如果是哲人，话说到这里就可以了，哲人只负责点醒、勘破，不必负责治愈。孔子在川上说："逝者如斯夫！不舍昼夜。"孔子说到这里就行了。但李白不是哲人，而是诗人。诗人要对抗孤独、对抗绝望。诗人的最大敌人往往就是他自己，他要战胜自己。

所以他说：

> 人生得意须尽欢，莫使金樽空对月。
> 天生我材必有用，千金散尽还复来。
> 烹羊宰牛且为乐，会须一饮三百杯。

在人生那永恒的绝望中，一个李白扶着另一个李白站起来了；那个高举金樽、痛饮一醉的自己，扶着那个中年失意的自己、有志未酬的自己、感慨伤怀的自己，摇摇晃晃地站起来了。

亚里士多德说，诗人的职责不在于描述已经发生的事，而在于写可能发生的事。[2] 此时此刻，李白和"亚圣"暂且达成了一致。已经发生的事是什么？是行路难，是不得志，是"大道如青天，我独不得出"，是"南徙莫从，北游失路"，是长安的冷漠世故，是玉真公主别馆里的饿肚子。

此刻，李白压根不写这些已经发生的事，只写他相信可能发生的事，就是"天生我材必有用，千金散尽还复来"——会来的，会有的，会到的，不接受反驳。

这个欢饮中的李白，等于是用酒把那个苦难落寞的李白格式化了，给一键还原系统了，又变成了当初豪言"丈夫未可轻年少"的青春模样。

他开始呼朋唤友：

> 岑夫子，丹丘生，

将进酒,杯莫停。

与君歌一曲,请君为我倾耳听。

他要高歌什么呢?答案就是:

钟鼓馔玉不足贵,但愿长醉不复醒。

古来圣贤皆寂寞,惟有饮者留其名。

陈王昔时宴平乐,斗酒十千恣欢谑。

再华美的音乐、再精致的佳肴都不足贵,没什么了不起,我只愿一直痛快地沉醉,不复醒来。

李白一直是个"精神上的古人",此刻他又开始无厘头地诠释历史了:自古以来,那些醒着的圣贤没有不寂寞痛苦的,快乐的都是酒鬼,而且美名远扬。你瞧屈原是醒的,"世人皆醉我独醒",结果多么痛苦;曾子是醒着的,"战战兢兢,如临深渊,如履薄冰",却被人谗言。而那些酒鬼,陈王曹植、刘伶、谢安、陶渊明、贺知章却得享大名。与其孤寂为圣贤,何不快乐当个酒蒙子?

欢宴渐渐进入高潮,就像杜甫说的"清夜沉沉动春酌,灯前细雨檐花落"了。这时李白已经喧宾夺主,大叫大嚷:

> 主人何为言少钱,径须沽取对君酌。

主人啊你如何说钱少,只管买酒来喝。"但使主人能醉客,不知何处是他乡",这话是李白说的;但主人倘若不能醉客,李白就要自行做主了:

> 五花马,千金裘,
> 呼儿将出换美酒,
> 与尔同销万古愁。

我有五花之马,又有千金之裘,这高级座驾、名牌时装,虽然贵重,又怎比今天一醉重要?且呼儿将去,以换美酒,度这欢欣时辰,同销万古之愁。

这首诗中,李白仿佛架起了一座天平,把昂扬和痛苦两种情绪一起放上去,在称重量。昂扬是这首诗的神貌,痛苦是这首诗的筋骨。[3]

李白要用酒压倒痛苦,所以宁愿耽沉在战无不胜的醉乡;要把极度的自信、极度的自恋绑在一起,以盖过极度的自伤自怜。酒不是他的饮料,而是燃料;酒能点燃和放飞他的灵魂,达到逃逸速度,以挣脱俗世那千钧重的羁縻,来到绝对的自由之境。

读了这首诗,哪怕是完全不会喝酒的人,都会想跟李白干一杯；哪怕完全不喜欢热闹的人，都会想听他歌一曲。那些平时完全没有忧愁的人，会被他说得有了忧愁，会觉得果然是人生苦短，令人忧伤；可是平时忧愁满满的人被他一说，又会变得兴高采烈、眉飞色舞，天生我材一定有用，有什么好担心的呢？一起开怀畅饮吧，消除那万古的愁，只留下欢乐。

文学史上，李白之前，从没有这样潇洒狂放的一个形象、一部诗篇。天才的酒蒙子倒也有，可有他的飘逸，就没有他的纵恣，比如陶渊明；有他的豪迈，就没有他的天真，比如曹植。陶渊明和世界太和谐了，放下得太彻底了，不如李白纠结；曹植则太知道这个世界是什么样子了，不比李白半懂不懂，老充满奇奇怪怪的幼稚幻想。而《将进酒》这种诗，恰恰就需要纠结、撕裂、幻想形成的庞大张力。

况且，一个文学高峰的出现，也需要看历史的进程。这种排山倒海、喷薄而出的创作，本来就适合七言诗，尤其是更自由自在的七言古诗。但在唐朝之前漫长的时间里，五言诗是主流，它们太克制、端庄了，写不出无拘无束、一派汪洋的感觉。陶渊明、曹植好比拿着步枪点射，李白则是端起冲锋枪横扫，更何况还有自带弹夹永远打不完的天赋技能，他不雄视千古，又能是谁呢。

这诗前辈写不出来，后辈也写不出来。王维、杜甫写不出来，白居易、韩愈、李商隐都写不出来，更遑论宋、明、清诗人了。

就李白写得出来。

对比杜甫《醉时歌》，立意几乎一模一样，"得钱即相觅，沽酒不复疑"，不就是"主人何为言少钱，径须沽取对君酌"？杜甫诗里"儒术于我何有哉，孔丘盗跖俱尘埃"，不就是"古来圣贤皆寂寞，惟有饮者留其名"？

然而杜甫就是给你感觉在一板一眼作诗，李白却是在真耍酒疯；杜甫这诗中写古人，怎么看都像在认真用典，李白却是真的在东拉西扯。

还有苏东坡"明月几时有"，同是欢饮大醉后所作，也是人间绝好文字，二者却就是不一样。苏轼像叫得醒，李白是叫不醒；苏轼这词布局讲究，转折有致，立意用心，不像李白感觉纯属胸口一喷[4]，完全忘我；对于人生无常之苦，苏轼是真答，李白是胡答；苏轼是越说越通透，李白是无理搅三分。

看《将进酒》这诗中的李白，你还会感到从头到尾他的酒意越来越浓。

开始两次说"君不见"时，尚且是微醉、微醺；到后来酒意就渐渐浓了，越来越手舞足蹈了；等到"与君歌一曲"的时候，李白已经喝多了，敲桌子打板凳，又唱又跳，越来越狂放了；等到他对主人指手画脚，自陈要把五花马、千金裘都将出换酒喝的时候，他已经几乎是在桌子上跳舞了。

而当最后"与尔同销万古愁"这句吟出后，李白大概已经是仆翻在桌,沉醉不能醒,不省人事了。

不知道大家什么感觉,反正我是很想给他盖床被子,睡吧李白,愿你的梦里永远没有忧伤。

注释

〔1〕《将进酒》是异文非常多的诗,因为名气大,对比研究也多。敦煌石窟有三种不同的《将进酒》手抄本,其中一版题为《惜罇空》。内容上也有大量异文。比如"高堂明镜悲白发,朝如青丝暮成雪",异文为"床头明镜悲白发,朝如青云暮成雪";"天生我材必有用",异文为"天生吾徒有俊才";"古来圣贤皆寂寞",异文为"古来贤圣皆死尽"等。这可能让《将进酒》爱好者感到错愕,并感觉异文不够蕴藉隽永。但事实上敦煌手抄本年代与李白十分接近,很可能更接近李白诗歌原貌。

〔2〕见亚里士多德《诗学》第九章:"诗人的职责不在于描述已发生的事,而在于描述可能发生的事……历史家与诗人的差别……在于一叙述已经发生的事,一描述可能发生的事。"

〔3〕郁贤皓《李白全集注评》:"表面看豪放痛快,实际上苦闷无奈,深沉的悲痛寓于豪语之中,乃此诗主要特征。"

〔4〕宋代严羽评《李太白诗集》:"一往豪情,使人不能句字赏摘。尽他人作诗用笔想,太白但用胸口一喷即是。"

如果没有李白

有一个问题：如果没有李白，我们的生活会怎么样？

似乎并不会受很大的影响，对吗？不过是一千多年前的一个文学家而已，多一个少一个无关紧要，和我们普通人的油盐柴米没有什么关系。

的确，没了李白，屈原将没有了传人，"饮中八仙"会少了一仙，后世的孩子会少了几首启蒙的诗歌，不过也仅此而已。

《全唐诗》大概会变薄一点，但也程度有限，大约是四十至五十分之一。名义上，李白是"绣口一吐就半个盛唐"，但要从数量上算，他诗集的规模远远没有半个盛唐这么多。在《全唐诗》一共九百卷里，李白占据了从第一六一至第一八五卷。少了他，也算不得特别伤筋动骨。

没有了李白，中国诗歌的历史会有一点变动，古体诗会更早一点地输给格律诗，甚至会提前半个世纪就让出江山。然而，我们普通人对这些也不用关心。

不过，我们倒可能会少一些网络用语。比如一度很热的流行语"你咋不上天呢"，最先是谁说出来的？答案正是李白：

"耐可乘流直上天。"

他什么时候说出这话的呢？是一次划船的时候。公元759年，李白和朋友乘船。那位朋友正值被贬了官，愁眉不展。当时李白已近六十了，他看着面前苦哈哈的朋友，摸着自己已泛白的长须，仰天长笑：多大个破事啊，不就是官小一点吗？别想不开了，眼前如此美景，我们应该两忘烟水里，好好喝酒才对，何必为俗事唏嘘呢？

他于是写下了这首浪漫的名诗，就叫作《陪族叔刑部侍郎晔及中书贾舍人至游洞庭》：

南湖秋水夜无烟，耐可乘流直上天。
且就洞庭赊月色，将船买酒白云边。

他们喝着酒，暂时忘记了忧伤，隐没在烟水之中。

李白还创造了其他的网络热语吗？有的，比如"深藏功与名"，出处是李白的《侠客行》："事了拂衣去，深藏身与名。"

如果没有李白这首诗，金庸也不会写出武侠小说《侠客行》来。在这部有趣的小说里，有一门绝世武功正是被藏在了李白这首诗中。

非但《侠客行》写不出，《倚天屠龙记》多半也悬。灭绝师太的"倚天剑"，是古人宋玉给取的名，但为这把剑打广告最多、最给力的则要数李白："擢倚天之剑，弯落月之弓。""安得倚天剑，跨海斩长鲸。"

如果没有李白，中国诗歌江湖的格局会有一番大的变动。几乎所有大诗人的江湖地位，都会整体提升一档。李商隐千百年来都被叫"小李"，正是因为前面有"大李"。要是没了李白，他可以扬眉吐气地摘掉"小李"的帽子了。王昌龄大概会成为唐代绝句首席，不用加上"之一"，因为能和他相比的正是李白。至于杜甫，则会成为无可争议的唐诗第一人，也不必再加上那个"之一"。

除此之外，我们在日常生活中还会遇到一些表达上的困难。

比如对于从小一起长大的男女朋友，你将没有词来准确形容他们的关系。你不能叫他们"青梅竹马"，也不能叫他们"两小无猜"，这都出自李白的《长干行》。

你也无法形容两个人相爱得刻骨铭心，这个词也是出自李白的文章："深荷王公之德，铭刻心骨。"

岂止无法形容恋人，我们还将难以形容全家数代人团聚、其乐融融的景象，因为"天伦之乐"这个词也是李白发明的，出自他的《春夜宴从弟桃花园序》："会桃李之芳园，序天伦之乐事。"

"浮生若梦"也不能用了，出处同样是李白这一篇文章："浮生若梦,为欢几何?""杀人如麻"没有了,这出自李白的《蜀道难》。"惊天动地"也没有了,这是白居易吊李白墓的时候写的:"可怜荒冢穷泉骨,曾有惊天动地文。"——没有李白,又怎么会有李白墓,又怎么会有白居易的凭吊诗呢。

扬眉吐气、仙风道骨、一掷千金、一泻千里、大块文章、马耳东风……要是没有李白,这些成语我们都不会有了;此外,蚍蜉撼树、春树暮云、妙笔生花……这些成语都是和李白有关的,也将统统没有了。我们华人连说话都会变得有点困难。

没有了李白,我们还会遇到一些别的麻烦。

当我们在社会上际遇不好,没能施展本领的时候,将不能鼓励自己"天生我材必有用";我们遭逢了坎坷,也不能说"长风破浪会有时";当我们和知己好友相聚,开怀畅饮的时候,不能说"人生得意须尽欢";当我们在股市上吃了大亏,积蓄一空的时候,不能宽慰自己"千金散尽还复来"。这都是李白的诗句。

那个我们印象中很熟悉的中国,也会变得模糊起来。我们将不再知道黄河之水是从哪里来的,不知道庐山的瀑布有多高,不知道燕山的雪花有多大,不知道蜀道究竟有多难,不知道桃花潭有多深。

白帝城、黄鹤楼、洞庭湖,这些地方的名气,大概都要略降一格。黄山、天台、峨眉的氤氲,多半也要减色许多。

变了样的还有日月星辰。抬起头看见月亮,我们无法感叹

"今人不见古时月，今月曾经照古人"，也无法吟诵"小时不识月，呼作白玉盘。又疑瑶台镜，飞在青云端"。

李白如果不在了，后世的文坛还会发生多米诺骨牌般的连锁反应。没有了李白"举杯邀明月"，苏轼未必会"把酒问青天"；没有李白的"请君试问东流水"，李煜未必会让"一江春水向东流"；没有李白的"大鹏一日同风起"，李清照未必会"九万里风鹏正举"。后世那一个个浪漫的文豪与词帝，几乎个个是读着李白的集子长大的。没有了李白，他们能不能产生都将是一个问题。

我们的童年世界也会塌了一角。那个每个小朋友记忆深处、平均每个人要听三百遍的"只要功夫深，铁杵磨成针"的故事也将没有了。它可是小学生作文的经典万金油典故。没有了它，小朋友们该怎么把作文凑足六百字？

在今天，如何检验一个人是不是华人，答案是抛出一句李白的诗。当每一个华人听到"床前明月光"，都会条件反射般地说出"疑是地上霜"。

看一个文学家的伟大程度，可以看他有多大程度融入了本民族的血脉。我的主业是解读金庸小说，不论金庸的作品有多少缺憾和瑕疵，华山论剑、笑傲江湖、左右互搏等词语，都已经融入了我们的血脉之中。

李白，这一位唐代的大诗人，已经化成了一种基因，和每个华人的血脉一起流淌。哪怕一个没有什么文化和学历的中国人，哪怕他半点都不喜欢诗歌，也会开口遇到李白，落笔碰到李白，童年邂逅李白，人生时时、处处、事事都被打下李白的印记。

这本书所写的年代是盛唐。倘若问一个问题：盛唐的标志是什么？或者说，谈及盛唐，第一时间反映在你脑海里的会是什么？

是雄浑壮健的颜真卿的书法？雍容娴雅的《簪花仕女图》？跳珠撼玉的《霓裳羽衣曲》？以上都对，但人们最先条件反射般想到的，多半是一个名字：李白。

在李白诞生之前，大唐的诗坛已然群星璀璨，使人应接不暇。而到李白诞生之后，才会发现之前的那些诗、那些天才，仿佛都是在为李白做铺垫，迎接李白其人的出场。

李白诞生之前，唐诗究竟是不是超越了之前的时代，是有争议的，但李白诞生之后，基本不会再有争议。

李白诞生前，在中国老百姓的心目中，并没有一个关于"诗人"的共同形象，也没有一个关于"天才"的共同印象。他应该更像屈原，还是更像曹操、曹植、陶渊明、孟浩然？并没有一个答案。在李白诞生之后，这个形象在中国人心里凝聚成形了，那就是李白的样子。

不知道李白在世的时候，有没有预料到这些？他这个人经常是很矛盾的，有时候说自己的志向是当大官、做大干部，轰轰烈烈干一场大事，有时候又说自己的志向是搞文学、做研究："我志在删述，垂辉映千春。希圣如有立，绝笔于获麟。"

前一个志向，他没有实现，但后一个志向他是超额完成了。所谓"垂辉映千春"，他已经辉映了一千三百年的春秋了，还会继续光辉下去。

愿为长安轻薄儿

愿为五陵轻薄儿,生在贞观开元时。
斗鸡走犬过一生,天地安危两不知。

——王安石

开元二十八年(740),张九龄和孟浩然同年去世。

该年春,张九龄从荆州回乡扫墓,一病不起,永远留在了家乡岭南。

孟浩然的离世过程则更为戏剧性。当时诗人王昌龄路过襄阳,孟浩然正患背疮,本来已经快好了,可见到王昌龄后心情大悦,据说大吃了一顿鲜鱼,恶疾复发,就此归天。

巧合的是,二人离世的时候正是开元的末期。仅一年后,唐朝就改元天宝了。这空前的盛世也进入了最后的十余年。

通常来说,好的时光每到了最后阶段,人们便会出现一种情绪,便是急切。

那些想见的人、想经历的事，都要抓紧时间见上一见、体验一回，不可留下遗憾。

倘若冥冥之中，人间的文艺也有主宰，有诗歌之神，那么从开元末期到天宝十四载（755），这十余年间，我觉得她仿佛也急切起来，紧锣密鼓地安排着许多事。

黄金的时代已经不多了，还有许多好诗要抓紧时间诞生。她要让该邂逅的，赶紧邂逅；该相会的，趁早相会；天雷速速去勾动地火，美景快些去把握良辰，不可错过了那最后的佳期。

有一轮落日，就在急切地等待着王维。

737年，王维出了趟远差。西北前线传来捷报，名将崔希逸大破吐蕃于青海之畔。朝廷派王维赴边，以监察御史的身份前去宣慰将士。

一般的解读，都说这是朝廷有意排挤。因为张九龄罢相，王维也失去了倚靠，被摊派了苦差，逐出权力中心。

我却更愿意理解为这是冥冥中的天意，是诗歌之神的特意嘱托：两千里之外，大漠将有一次落日，务必要让王维看见。

这一路，王维穿越风烟，来到遥远的凉州前线。四望是起伏连绵的沙丘，一条长河蜿蜒流过。

一抬头，他便看见了壮美的落日。它在边关等待王维已很久了。此刻，这红日正鼓足余勇，奋力倾吐余晖，把大漠与河水染作金黄。看见我啊，王维，看见我！

一首诗飞速地在王维心头酝酿：

> 单车欲问边，属国过居延。
> 征蓬出汉塞，归雁入胡天。
> 大漠孤烟直，长河落日圆。
> 萧关逢候骑，都护在燕然。

这首诗就是名留千古的《使至塞上》。当这伟大诗行诞生的一刻，太阳终于满足地落了下去，长河也终于能释怀地奔流。盛唐边塞诗有了最杰出的代表作之一，那倔强的孤烟与豪壮的落日，将永远镌刻在人类的诗典上。

有一场寒雨，在等待着王昌龄。

740年冬天，他遭逢不顺，被贬去南方的江宁。

顺便说下，送别他的人之中有岑参。岑参小王昌龄近二十岁，他对于这位老大哥十分关心。甚至两年之后，有朋友去江宁，岑参也不忘趁机写诗托寄给王昌龄，以稍慰思念。这比杜甫对李白的情谊分毫不差。

就和王维的西行一样，王昌龄的南行，也是一次诗歌的传奇之旅。

不久后，江宁任上的王昌龄路过镇江丹阳，遇到一位朋友辛渐。后者是从丹阳取道回洛阳的。

受了委屈的人是最见不得老朋友的。王昌龄便是这样。两人分别时是在芙蓉楼,清早的寒凉,加上连绵的秋雨,让人更多了离愁别绪。

心里一旦有事,酒也喝不痛快了。想起自己被谗毁的经历,王昌龄的千言万语都变成一句话:

"洛阳的伙计们要问起来,你就告诉他们,我还是当初那个老王,没有一丝丝改变啊!"

他把这一腔心事写成了诗:

> 寒雨连江夜入吴,平明送客楚山孤。
> 洛阳亲友如相问,一片冰心在玉壶。
> ——《芙蓉楼送辛渐二首》其一

如同王维的长河落日,王昌龄的这一次寒雨连江,也像是天意的巧算。恰好有之前的含冤被谗,恰好有眼前一场寒雨,恰好有一个故人辛渐,又恰好要去旧识很多的洛阳。哪怕少了一点,或许也不会造就这首诗。

当王昌龄郁郁南下的时候,一位叫崔颢的诗人,正沿着另一条路线向长安前进。[1]

有一座巍峨的山岳，在临近终点处沉默地等待着他。

崔颢是汴州人，出自大名鼎鼎的博陵崔氏，当时诗名与王维相齐，又与孟浩然、王昌龄、高适并称。[2]

他约二十岁就进士及第，后来一直仕途不顺遂，长期在太原河东军幕任职，所做的事似乎很杂，还包括一些到县里判折冤狱的琐事。

尽管一度和王维齐名，但崔颢的生活作风和王维完全相反。

王维早年丧妻，终身没有再娶，就由裴迪相伴隐居。崔颢却热衷于谈恋爱，爱娶美女，反复换了三四任，这也导致他的风评不太好。他早年写的诗也比较浮艳，名士李邕为此都不准他进门。

然而中年之后，崔颢的诗风突然一变，浮艳的东西不见了，转而为雄浑慷慨、风骨俨然。时光和经历确实是会改变一个人的。

这一年，已过不惑的崔颢从河东军幕入京，走过华阴县，猝然遇到被称为"天下险"的华山。

它俯瞰咸京，扼守潼关。当雨后初晴，阳光照耀下，芙蓉、玉女、明星三峰雄立天外，如鬼斧神工。还有那不可思议的华岳仙掌，五指分明，宛若神迹。

雄壮的山河，让崔颢既震撼莫名，又浮想联翩，挥就了这一首《行经华阴》：

　　　　tiáo yáo
岩峣太华俯咸京，天外三峰削不成。
武帝祠前云欲散，仙人掌上雨初晴。
河山北枕秦关险，驿路西连汉畤平。
借问路傍名利客，何如此处学长生。

一切的世俗名利，都在伟大的自然面前显得渺小和虚幻。诗的结尾，崔颢问来往行人，何不放下世俗名利，在此处寻求超脱。这既是问人，也是自问，因为他本身也是名利客之一。

与华山的邂逅，让崔颢多了一份仙气。

他最著名的作品，是游武昌时写的《黄鹤楼》，将这份仙气发挥得淋漓尽致：

昔人已乘黄鹤去，此地空余黄鹤楼。
黄鹤一去不复返，白云千载空悠悠。
晴川历历汉阳树，芳草萋萋鹦鹉洲。
日暮乡关何处是，烟波江上使人愁。

这首诗行云流水，任意自然，像是脱口而出的，既有那种飘渺的仙气，又带着苍凉辽阔的意蕴。

李白一定是读过这首诗的，所以才模仿写出《登金陵凤凰台》《鹦鹉洲》两首作品。后来还有传说，李白到了黄鹤楼，见到崔颢的诗,说"眼前有景道不得,崔颢题诗在上头",于是罢笔。[3]

那冥冥中的天意,仍在匆匆完成着任务,促成佳会,了断因果,让每个人都去到该去的地方。

八十六岁的贺知章必须回到越州家乡,去到儿时就熟悉的美丽镜湖前,才能写出《回乡偶书》:

> 少小离家老大回,乡音无改鬓毛衰。
> 儿童相见不相识,笑问客从何处来。

来自延陵的南方人储光羲应该到终南山隐居,在田园中找到他真正的灵感:

> 垂钓绿湾春,春深杏花乱。
> 潭清疑水浅,荷动知鱼散。
> 日暮待情人,维舟绿杨岸。
>
> ——《杂咏五首·钓鱼湾》

还有一个按时归位的,是开头提到的王维。等待着他的是一个叫辋川的山谷。

张九龄去世后,朝政日坏,王维仕进的念头更淡了,开始过上半官半隐的生活。诵经、念佛、搞装修，渐渐成了他的三大主业。

他买下了当年宋之问的辋川别业，它位于长安以东数十里处的山林中，周边有"辋川二十景"，很适合休假式上班。王维精心整治起了别业和园林，每日赏玩山水。

他有一个游伴叫裴迪，两人交情极好，长年同游辋川，抚琴荡舟，无所不至。二人还一起攒了本诗歌集《辋川集》，共四十首，每人写二十首。其中王维的作品如：

> 空山不见人，但闻人语响。
> 返景入深林，复照青苔上。
> ——《鹿柴》

> 秋山敛馀照，飞鸟逐前侣。
> 彩翠时分明，夕岚无处所。
> ——《木兰柴》

美丽辋川和洒脱的裴迪，成了王维在这一阶段的灵感缪斯：

> 寒山转苍翠，秋水日潺湲。
> 倚杖柴门外，临风听暮蝉。

渡头余落日，墟里上孤烟。
复值接舆醉，狂歌五柳前。

——《辋川闲居赠裴秀才迪》

这是他赠给裴迪的诗。秋意浓了，山林的颜色转为苍翠，泉水也潺潺不停。王维拄着手杖，伫立在柴门外，但见暮色笼罩原野，秋风吹拂，蝉声依稀。不知裴迪去哪里了啊，这个调皮的家伙。

炊烟升起来了，不是"大漠孤烟直"的烟，而是陶渊明所说的"暧暧远人村，依依墟里烟"的那种。一阵狂放的歌声忽然传来，正是裴迪这家伙。他不知在哪里喝了村酒，正摇摇晃晃，一步一跌地回来。

至少从天宝三载（744）起，十余年间，王维主要都在写这样的田园诗。他努力呵护着内心的平和，也为中国诗坛驻守着宁静的一角。

事实上，以上这些诗人，至少在人生目前这一时段，不管是顺遂也好、坎廪也罢，都尚算是有幸的，因为还处在一个和平盛世的尾巴上。

后来的王安石写过这么几句诗：

愿为五陵轻薄儿，生在贞观开元时。

斗鸡走犬过一生，天地安危两不知。

——《凤凰山二首》其二

此时此刻，还是诗人们可以"天地安危两不知"的最后时光，无论是正在艰难打拼的岑参、杜甫，还是半隐居的王维、储光羲。

说回主题。在历史的后台，我们想象中的诗歌之神在布置完了以上一切之后，仍然不能放松。虽然王昌龄已遇见了岑参，崔颢已路过了太华，贺知章已归了故里，王维已去了辋川，但那还不够。

在人间，还有一次最重要的邂逅，或者说相逢，未能完成，她必须要着手去促成这件伟业：

李白和杜甫，该相遇了。

注释

〔1〕 崔颢进京任太仆寺丞的时间,以及撰写下文诗歌《行经华阴》的时间,均有争议。此处按熊笃《天宝文学编年史》:"颢自河东军幕入京亦必经华阴,诗末云'何如此处学长生',不似青年时入京举进士第的思想。从诗的风格上看,亦不像前期作品。姑系于此。"

〔2〕《旧唐书·文苑传》载:"开元、天宝间,文士知名者,汴州崔颢,京兆王昌龄、高适,襄阳孟浩然,皆名位不振。"

〔3〕 这件事的最早记载见于宋代,计有功《唐诗纪事》云:"世传太白云:'眼前有景道不得,崔颢题诗在上头。'遂作《凤凰台》诗以较胜负。恐不然。"说明计有功认为这件事并不可信。元辛文房《唐才子传》沿用了这个故事,说:"(崔颢)后游武昌,登黄鹤楼,感慨赋诗。及李白来,曰:'眼前有景道不得,崔颢题诗在上头。'无作而去。"事实上李白在黄鹤楼是有写诗的,如这首《与史郎中钦听黄鹤楼上吹笛》:"一为迁客去长沙,西望长安不见家。黄鹤楼中吹玉笛,江城五月落梅花。"写得很好,并不是作不出诗来。

李白和杜甫：好兄弟一被子

醉眠秋共被，携手日同行。

——杜甫

李白第一次见到杜甫那年，是在一个民间诗歌论坛上。

名字取得挺浮夸，叫"大唐诗人洛阳高峰论坛"。当然，是我想象的。

那一年李白四十三，杜甫三十二，差了十一岁，一个已经是中年人，一个还算是小伙子。

李白坐的是贵宾席位，他的桌子上是有名牌的。关于他的头衔该怎么写，主办方犹豫了很久。

一开始定的是"前翰林供奉李白"，后来觉得不好，"前"字不像夸人，倒像戳人痛处。经过一番商量，改成了"著名诗人李白"，含糊点，免得尴尬。

这时候的李白，说一声"著名"是完全当得起的，虽然翰林供奉的身份没了，可他影响力还在，几年前就"称誉光赫"，已经红了。

相比嘉宾李白，杜甫是坐在后排的。他有一个小专栏叫"子美的诗"，阅读量并不太高。现在有个别专家爱说杜甫当时就名头很大，并没有这回事。

茶歇的间隙，杜甫上去见了李白，互相客气了几句，握了握手。

这是一个中年人和一个青年人的握手，一位知名诗人与一个初入江湖的闯将的握手。在当时的大唐诗坛上，几乎每一个论坛、每一场活动，甚至每一时每一刻，都在发生着这样的握手。它本应司空见惯、不值一提。杜甫的名片，李白也许随手塞兜里，回头就找不到了。

奇怪的是，这一次有点特殊。两手相握的刹那，双方都觉得似乎有一丝电流在跳动，麻酥酥。

李白有点吃惊，忍不住再次打量着眼前的这个年轻人——单薄，瘦削，有一双真诚的眼睛。

"空了聚啊！"李白主动说。杜甫点头答应。

几天后的一个夜晚，烧烤摊上，多喝了点的杜甫已然微醺。他鼓起勇气试着给李白发了个信息：

"李兄，来撸串吗？小西门烧烤。"

五分钟过去，屏幕忽然亮起，李白回信了：

"来了！帮我烤个韭菜。"

这一次相会，倘若可以买票，后世观众是要挤破头的，可惜两位当事人那时却毫无察觉。

李白、杜甫很快成了朋友，真正的朋友。说实在的，李白当时也知道杜甫有才、有学问，但并未觉得有啥太特别。

毕竟那是大唐，能写的人太多。这个杜家兄弟被称为"诗圣"，雄视百代、睥睨千古，成了奥林匹斯山上的宙斯，都是后来的事了。放在当时，鬼知道？李白那时所喜欢的，真的只是杜甫这个人。

两人开始结伴同游，白天游猎骑马，晚上饮酒泡吧。李白在歌厅里吊嗓：

"让我们红尘做伴，活得潇潇洒洒，策马奔腾，共享人世繁华……"

杜甫则在一旁和声："吼藕，吼藕，吼藕吼藕藕……"

那时杜甫正年轻，好奇心强，看啥都新鲜。痴迷修仙的李白便领着杜甫浪游，一同求仙访道、采药炼丹。

他们突发奇想渡过黄河，杀奔王屋山，去寻找神秘的道士华盖君。这馊主意多半是李白出的。等跋山涉水赶到，华盖君已经死了，弟子大半星散，只剩炼丹炉里的一堆冷灰。

二人面面相觑。仙是修不成了，但哥俩的游兴还很浓厚，便又蹿到梁宋（开封、商丘）一带继续游历。另一个诗人高适也加入了，此公在商丘待的时间长，算是土著，便成了半个导游。

三人登上吹台，眺望芒砀山上的云雾，发了一通怀古的感慨，嗟叹了些时事，比如当前唐朝四处打仗，让人担忧。尔后又蹿到商丘东北的单县，游玩了琴台，感受了秋日的荒野大泽。

漫游结束，他们短暂地分别。一年后杜甫到了鲁郡，也就是今天的兖州。李白闻讯后又从任城赶去聚了一次。重见杜甫，李白亲切地打了他一拳：你怎么又瘦了！要爱惜身体！

原话是这样的：

> 饭颗山头逢杜甫，顶戴笠子日卓午。
> 借问别来太瘦生，总为从前作诗苦。
>
> ——《戏赠杜甫》

杜甫说没办法，我写诗很辛苦，哪像你喝一顿酒就能码十首。李白照例微笑，暗想你懂啥，老子都是偷偷地在用功。

这次的相聚，使两人感情更加密切。杜甫陪李白揽胜访友，把当地的池台名胜走了个遍，甚至"醉眠秋共被，携手日同行"，好到盖一床被子。杜甫愈发佩服李白的诗才，说"李侯有佳句，往往似阴铿"，把这位兄长比作南朝时的大诗人阴铿。当然，这只是杜甫当时的认知，后来他对李白的评价还会不断提高。

终于，在兖州城东的石门山，两人把酒话别。双方依依不舍，都不确定是否有机会再碰杯。分别时，李白留下了深情的诗句：

> 醉别复几日，登临遍池台。
> 何时石门路，重有金樽开。
> 秋波落泗水，海色明徂徕。
> 飞蓬各自远，且尽手中杯。
> ——《鲁郡东石门送杜二甫》

翻译成现代歌曲就是："朋友你今天就要远走，干了这杯酒。忘掉那天涯孤旅的愁，一醉到天尽头。"

石门一别，李白、杜甫再未相会，"重有金樽开"的期待终于落空。但这并不是他们关系的结束，就像诗中写的一样，他们的友谊会像徂徕山一样万古长青。

分手之后，李白南下吴中继续漫游，杜甫则去往长安，追逐功名事业。

来到这座宏伟的帝都，起初，他还不改在梁宋时的豪放，除夕之夜还在客店里聚众赌博，大喊着"五白"，哪怕天很冷了，还露着胳膊光着脚地大赌。

他的社交圈子也扩大了，结识了不少帝都的风云人物，包括汝阳王李琎、左相李适之等。但他对于李白的爱一点儿也没有减少。在和长安的人物交往时,他不时打听关于李白的故事,说起他的神貌风采。众所周知,爱上一个人之后,便难免忍不住要对旁人提起他的姓名,搜集他的一切周边消息,哪怕听到别人偶尔说到他都会笑。

此时的长安正流行着许多关于李白的传说,人们常常绘声绘色讲起那些段子,譬如天子有事找,李白却已喝得大醉;譬如贺知章和李白一见如故,呼李白为"谪仙人",解金龟换酒款待。

听着这些故事,畅想着李白和朋友们癫狂痛饮的风采,杜甫常常开怀大乐。他为此还写了一首著名的诗《饮中八仙歌》:

> 知章骑马似乘船,眼花落井水底眠。
> 汝阳三斗始朝天,道逢曲车口流涎,
> 恨不移封向酒泉。
> 左相日兴费万钱,饮如长鲸吸百川,
> 衔杯乐圣称避贤。
> 宗之潇洒美少年,举觞白眼望青天,
> 皎如玉树临风前。
> 苏晋长斋绣佛前,醉中往往爱逃禅。
> 李白一斗诗百篇,长安市上酒家眠,
> 天子呼来不上船,自称臣是酒中仙。

张旭三杯草圣传，脱帽露顶王公前，

挥毫落纸如云烟。

焦遂五斗方卓然，高谈雄辩惊四筵。

一说到李白，杜甫的笔墨就浪漫了起来。这首诗里描写了长安的八位名士，或者说八大酒鬼：贺知章、汝阳王李琎、左相李适之、崔宗之、苏晋、李白、张旭、焦遂。李白被安排在第六位出场，这很好理解，毕竟他只是一介布衣，无论以尊卑还是年齿论都要放在后面。但不难看出李白是全诗的诗眼，且一个人独占四句，为八人中最多。字里行间都能品出杜甫对他横溢的爱怜。[1]

又是一年春天到了，和风骀荡、树木滋荣，杜甫继续写下一些思念李白的诗。有时候，当你走得越远，见识的人物越多，对一些人和事的认知就会越清晰。杜甫就是这样，在遍识了京城群英之后，他发现仍然没有能和李白相埒者。他对李白的钦敬和思念更加浓烈：

白也诗无敌，飘然思不群。

清新庾开府，俊逸鲍参军。

渭北春天树，江东日暮云。

何时一樽酒，重与细论文。

——《春日忆李白》

当初一起游玩时，杜甫只感觉李白的诗风很清秀，类似南朝诗人阴铿。但现在他已认为李白的诗堪称"无敌"，清新可比庾信，俊逸则能敌鲍照，二者都是南北朝的顶级文士，而李白兼具二家之长。

这评价已是悄悄升级了。杜甫此时或许已隐约感到，李白怕不只是一时一代之才，而是千古之才。

渐渐地，杜甫也奔忙起来，要为自己寻找出路。长安生存很难，物价又贵，慧眼识才的人并没有想象的多。杜甫白天敲开达官贵人的门，去博取青睐、提携，得到的往往是敷衍的承诺和一些残羹冷炙，晚上只能懊丧地回来。现实的力量像山一样笼罩着他。

当人生步入某一个阶段，便会忽然发现朋友不再增多了，而是开始减少、凋零。三十四五岁后，杜甫蓦地察觉自己也到了这个阶段。

天宝六载（747），"饮中八仙"里的左相李适之服毒身亡。他先是被李林甫构陷而罢相，贬宜春太守，后又遭追逼迫害，不得已自尽。天宝九载（750），汝阳王李琎也去世了。

"八仙"中的崔宗之情况不明，但提携他的大员韩朝宗此时也受到迫害，想必崔宗之的日子也不会好过。

再加上已经病故的贺知章、流浪远乡的李白、迁居洛阳的张旭，可以说"饮中八仙"已然崩解。

"八仙"之外的朋友们命运也类似。和杜甫走得较近的大臣严挺之，因为属于张九龄一系，早在几年前就被李林甫打击排挤，忧惧而逝。很欣赏杜甫的北海太守李邕遭李林甫嫉恨，被酷吏杖死。

这些人中，有很多是李白和杜甫共同的朋友。比如李邕，世称"李北海"，是驰名一时的名士和书法家，对李白和杜甫都很友善，他的惨死让李杜二人都感觉很凄惶。

李白那边的交游圈情况也类似。他曾上书求助的韩朝宗、裴宽都因为和李适之亲善，遭到流贬。韩朝宗不久后死去，裴宽则心灰意冷，一度请求出家为僧。

这已经不只是人生的悲剧，还是时代的悲剧。学者冯至这样描述当时的情形：

"开元时代遗留下来的一些比较正直的、耿介的、有才能的，或是放诞的、狷洁的人士，几乎没有一个人不遭受他（李林甫）的暗算与陷害。"[2]那种舒朗、潇洒、崇尚知识的空气没有了，李白、杜甫的生存环境日益恶劣逼仄。

此后，杜甫和李白的人生又各有许多坎坷。杜甫又一次应举不第，后来侥幸得了个微官，却被猝然爆发的"安史之乱"打断。从此杜甫基本是携家带口颠沛流离。

李白则一度隐居庐山，但在安史乱中投靠了永王李璘，不想李璘反叛，兵败身死，李白被流配夜郎。他还受到了社会舆论的攻击，人们对其口诛笔伐，甚至欲杀之而后快。

友情，一向是易碎品。双方隔绝时间的拉长，彼此命运的颠沛，都容易使人把朋友淡忘。更何况，李杜两人一个漂泊无依，一个戴罪"社死"，哪有精力去顾惜彼此呢。

可就是在这种情况下，杜甫对李白的关心和思念从来不曾减少，反而历久弥新。李白的身影经常在他梦中出现。

乾元二年（759），杜甫带着家人流寓秦州，此时他已四十七岁，贫病交迫，要靠卖药和朋友接济为生。这一夜，他又梦见了李白。

梦中，他恍惚看见了李白满头白发，当年同游时的轩昂潇洒早已不见了。他还听见了李白倾诉这些年的不幸、困顿，以及饱受世人谩骂攻讦的苦痛和委屈。

杜甫饱含热泪，披衣而起，写下了两首《梦李白》。其中一首是这样的：

> 浮云终日行，游子久不至。
> 三夜频梦君，情亲见君意。
> 告归常局促，苦道来不易。
> 江湖多风波，舟楫恐失坠。
> 出门搔白首，若负平生志。

> 冠盖满京华，斯人独憔悴。
> 孰云网恢恢，将老身反累。
> 千秋万岁名，寂寞身后事。

这首诗的真诚、忧虑，还有对李白遭遇的感同身受和无限同情，都不必多说了。在此只说一点，它完全不是这首诗的重点，但对李白而言，或许是个意外的巨大安慰，那就是杜甫此时已然笃定，李白将会有"千秋万岁名"。

三十出头的时候，杜甫觉得李白的诗不过"似阴铿"。过了一些年，认识深化了，觉得李白"诗无敌"。

再后来，他认为李白"笔落惊风雨，诗成泣鬼神""流传必绝伦"，已对他推崇得无以复加。

而到了人生晚年，杜甫已具备历史的高度和眼光，完全了然李白将会有"千秋万岁名"，只不过生前无法变现而已。

这是一代大才对另一位大才的了解和洞察。

闻一多曾说，李白和杜甫的相遇，是"青天里太阳和月亮走碰了头"。他在《唐诗杂论》里这样描述二者的友谊：

> 我们该当品三通画角，发三通擂鼓，然后提起笔来蘸饱了金墨，大书而特书。因为我们四千年的历史里，除了孔子

见老子（假如他们是见过面的）没有比这两人的会面，更重大，更神圣，更可纪念的。我们再紧逼我们的想象，譬如说，青天里太阳和月亮走碰了头，那么，尘世上不知要焚起多少香案，不知有多少人要望天遥拜，说是皇天的祥瑞。

诚然，李白和杜甫居然能做了朋友，友谊还贯穿后半生，始终如一，这在人类文明史上也是无比稀罕珍贵的。

类似这般的"巨人的友谊"，别的时候倒也偶有发生。歌德和席勒友谊甚笃。雨果和巴尔扎克曾有些嫌隙，但也终于化解。巴尔扎克逝世后，雨果还留下了感人的演说。

但那毕竟都不是古代，交通、通讯都远为发达，两位巨匠要相遇、相知的难度都小得多。

更别提那些水火不容的天才了。歌德和贝多芬一见面就龃龉起来，闹得不欢而散。萨特与加缪起初关系不错，最终却反目成仇。马尔克斯甚至被略萨饱以老拳。相比之下，李白和杜甫那童话般的相遇、相得，足以让我们顶格地庆幸、感激。

当然，也别忘了，所谓人间要焚起多少香案、如何望天遥拜的说法，只是后人的一厢情愿罢了。

世人总爱事后诸葛地给自己加戏。在李白、杜甫还活着的当时，可没有什么"香案"，没有几个人"望天遥拜"，更没有人说是"皇天的祥瑞"，多的只是对他们的疏离、放逐、鄙夷、谩骂。这太阳和月亮都灰头土脸,各自蒙尘,只能彼此安慰着彼此。

甚至,是各自唯一的彼此。

注释

〔1〕 陈贻焮《杜甫评传》就说:"其余七人或二句或三句,唯独李白四句,倒不一定有意突出,只是对他感情最深,提到他不觉话就多了。"
〔2〕 见冯至《杜甫传》。

公主琵琶幽怨多

妾心何所断,他日望长安。

——宜芳[1]公主

无论多么不情愿,时代总是掉头向下了。

天宝四载(745),一支和亲的队伍簇拥着一位妙龄少女,迤逦行到北方的虚池驿。

少女就是宜芳公主,姓杨,是此次和亲的主角。关于她的身份,一说是唐玄宗的外孙女,是玄宗第十三女卫国公主和杨氏结婚所生;一说她父母不明,只是出身宗室的女子,在唐朝与东北的奚和亲时被选中,要嫁给奚首领李延宠。

宜芳公主虽然年少,但"有才色",聪慧能诗。寒凉的驿站里,想到远方的亲人和未来叵测的命运,她悲伤难禁,在身旁屏风上写下了一首诗:

出嫁辞乡国，由来此别难。

圣恩愁远道，行路泣相看。

沙塞容颜尽，边隅粉黛残。

妾心何所断，他日望长安。

——《虚池驿题屏风》

在少女的想象中，她将会在荒冷孤独中终老异乡，一生苦痛地凝望长安。

然而，现实比她的想象还要残酷血腥得多。她是三月出嫁的，到九月，奚人就翻脸了，"杀公主以叛"——花信年华的宜芳公主丧命异乡。另一位同时和亲契丹的静乐公主也被杀死，契丹也反了。

"两蕃"为什么这样狠毒辣手、反复无常？除了依附唐朝的本心就不诚，重要原因之一是唐朝边将喜爱启衅邀功。

当时镇守东北边境的是安禄山。《资治通鉴》载："安禄山欲以边功市宠，数侵掠奚、契丹。奚、契丹各杀公主以叛。"

安禄山搞事，其操作之骚，令人瞠目结舌。当"两蕃"归附时，安禄山屡次引诱奚、契丹首领饮宴，给他们喝有毒的莨菪（làng dàng）酒。这是一种神经毒素，喝了会头晕、呕吐。安禄山动辄坑骗数千人，砍下酋长们的头送给玄宗，"前后数四"，以博封赏。

这甚至让人怀疑奚、契丹首领是咋想的，莫非喝安禄山的酒有瘾，上了一次当还不够。

大将们爱搞事，根本原因是皇上的喜好。唐玄宗到了统治后期，听戏、打球甚至修仙都已不过瘾了，而是越发穷兵黩武、贪求边功。在边境，大将启衅开战往往成为升官发财的快速通道，屡试不爽。老成持重的名将崔希逸、王忠嗣，贬的贬、死的死，贪功好战[2]的哥舒翰、高仙芝都晋升。将帅们该如何选择已不言自明。

从安禄山的立场上说，东北方向不打，西北方向也要打；俺这里不打，哥舒翰也要打。不打白不打。可怜的宜芳公主就成了牺牲品。

自此，稍微稳定的东北战场重燃战火。天宝九年（750）起，安禄山连续攻契丹，损兵折将，六万大军覆没。其败象之惨，连一向比较佛系的王维也斥责："万里不见房，萧条胡地空。无为费中国，更欲邀奇功。"安禄山大败之后也终于回过神来：他奶奶的，还是掉头打长安更容易。

除了东北方向，唐朝在西北边境的"骚操作"也是不断。

起初，西北战线的主持人之一是名将崔希逸。王维写《使至塞上》时就是奉旨宣慰他的部属。

唐朝在西线的劲敌是吐蕃。双方本来维持了一段时间的和平，于赤岭竖碑分界，互不攻杀。崔希逸便对吐蕃将领乞力徐说，两国既然相安和好，不如撤掉边境防备，方便人民耕种放牧。

乞力徐起初不信，怕被唐朝玩弄了，但转念一想崔希逸的确是好人，认为"常侍忠厚，必是诚言"，于是双方杀白狗为盟，撤掉守备。

不久，唐朝边将孙诲想要立功，便勾结内臣，设计令崔希逸突袭吐蕃。崔希逸无法违抗，只能执行，大破吐蕃于青海之畔，斩首无数。

吐蕃人怒不可遏，就没见过这么玩的，遂与唐朝复又交恶，大打出手。崔希逸虽然取得了胜利，却并不开心，"自念失信于吐蕃，内怀愧恨"，就此死去。

天宝六载（747），唐玄宗又令名将王忠嗣进攻吐蕃石堡城。王忠嗣为人与此前的崔希逸类似，较为稳慎持重，他认为石堡易守难攻，强攻要损失数万士卒，且其战略价值被高估，"得之未足以制敌，不得亦无害于国"，不肯听命。

唐玄宗非常不悦。李林甫等趁机谗毁，王忠嗣一代名将，竟然被贬后忧死。

替代王忠嗣的是大将哥舒翰。此人执行力强得多，他立刻顺应玄宗之意强攻石堡，结果恰恰证明了王忠嗣的判断，果然死亡数万人而拔城，擒敌仅四百余。唐玄宗封哥舒翰为御史大夫，他因而穿上了官员里最贵重的紫袍，红极一时。

这一战，即便在当时也是非常有争议的。李白对此便很不屑，写诗说："君不能学哥舒，横行青海夜带刀，西屠石堡取紫袍。"

"骚操作"是会传染的，安禄山、孙诲的招数很快就被别人学去了。如高仙芝屠石国。

石国是西域古国，昭武九姓之一。在"石堡之战"一年后，边将高仙芝诈与石国约和，趁其不备突袭，石国仓皇失措，无力抵抗。高仙芝纵兵屠戮石国老弱，掠走金宝。石国国王则被俘虏至长安斩首。这等于是送给了石国一场提前数百年的"靖康之耻"。于是西域小国纷纷倒向大食反唐。

倘若说以上和吐蕃、契丹、奚等的战事还有边防上的需求，孰是孰非还可探讨，那么和南诏的作战则是"骚操作"的极端体现，在道义上完全站不住。

两唐书记载得很清楚，与南诏之战，直接导火索居然是一个色鬼太守张虔陀。此人是云南太守，负责镇抚南诏。他为人"矫诈"，欺压勒索无度，甚至奸辱南诏王阁罗凤的妻子，事后又恶人先告状，上奏南诏谋反。阁罗凤发兵攻云南，杀了张虔陀。

朝廷派剑南节度使鲜于仲通驱大军讨伐南诏。这人是依附杨国忠上位的，平庸无能。阁罗凤遣使谢罪求和，陈述了事情前后经过，提出返还俘虏，重修姚州城，否则就将转而依附吐蕃。结果使者被鲜于仲通囚禁。

最终双方一场激战，唐军全军覆没，士卒死者六万[3]，苍山洱海化为修罗场，只有鲜于仲通侥幸逃回。大权在握的杨国忠却

"掩其败状",对内仍然虚称战功,让唐人误以为自己打赢了。鲜于仲通照样当京兆尹。

数年后,杨国忠又命李宓率兵七万进攻南诏,打算赢两次。结果李宓败在对方的消耗战下,七万大军覆没,李宓身死。

这一战打得十分凄惨。高适写过《李宓南征蛮诗》,其中泄漏了一些惨状:"饷道忽已远,县军垂欲穷。……野食掘田鼠,晡餐兼焚僮(bó)。"写到因为粮饷断绝,士兵只能挖田鼠吃,甚至吃人。

杨国忠继续奉行"没人知道的大败就是大胜",严禁非议,满朝无人敢言。[4]

有人好奇:到处打仗,唐朝一定打出了威风吧?讽刺的是,哪怕不谈是非,仅说利害,唐朝也吃了大亏。[5]

天宝后期攻伐频频,敌人却越打越多,形势越打越坏,东北、西北、西南的局势总体都恶化了。比如南诏被迫全面倒向吐蕃,西域诸国则去联结大食。高仙芝屠石国后,石国王子逃出,向诸国泣诉,西域"诸胡皆怒,潜引大食欲共攻四镇",最终怛罗斯一战,高仙芝大败,又送给唐朝一场全军覆没。

国家和人民也给打穷了。天宝年间,每岁军费由开元前的二百万增至一千一百多万,"公私劳费,民始困苦"。连年战事,受益的只是那些将领和附庸倚靠他们的党羽僚属,人民承受的是巨大的苦痛。

"无何天宝大征兵,户有三丁点一丁。"为了攻打南诏,唐朝大规模在长安、洛阳和河南、河北一带搜罗兵丁,但凡不愿去的,就派御史分道捕人,带着枷送到军所。

有一个诗人见证了这一幕,他就是杜甫。

他看见一路路队伍仓皇经过,混乱的脚步、车轮使得尘烟大起,把前方渭水上的咸阳桥都要遮蔽了。父母妻儿号泣相送,哭声震野,惨不可闻。

杜甫上前询问,对方踌躇再三,才小心翼翼地回答:"这些年来打仗不断,一会儿征兵打南诏,一会儿征兵打吐蕃,男丁抽光,华山之东千千万万个村落都萧条了,田地撂荒,长满荆杞。您去看看吧,多少地方都只剩妇女在耕作,拼死拼活种点地,当官的还拼命催租,这不是要了老命吗?"

杜甫把这些触目惊心的见闻写成一首诗,那就是《兵车行》。诗句十分通俗明白,几乎都不用逐字逐句翻译:

车辚辚,马萧萧,
行人弓箭各在腰。
耶娘妻子走相送,尘埃不见咸阳桥。
牵衣顿足拦道哭,哭声直上干云霄。
道旁过者问行人,行人但云点行频。
或从十五北防河,便至四十西营田。

去时里正与裹头,归来头白还戍边。
边庭流血成海水,武皇开边意未已。
君不闻汉家山东二百州,
千村万落生荆杞。
纵有健妇把锄犁,禾生陇亩无东西。
况复秦兵耐苦战,被驱不异犬与鸡。
长者虽有问,役夫敢申恨?
且如今年冬,未休关西卒。
县官急索租,租税从何出?
信知生男恶,反是生女好。
生女犹得嫁比邻,生男埋没随百草。
君不见,青海头,
古来白骨无人收。
新鬼烦冤旧鬼哭,天阴雨湿声啾啾!

从这首诗里,仿佛能看到"盛世"后期一个普通人浓缩的命运:

一个关中人,十五岁就不幸被送上北方前线,因为年纪太小,去的时候还是里正给他裹的头。如今渐渐衰老,四十岁就头发白了,却又要戍守边关。皇帝好大喜功,边关惨烈厮杀不断,流血淌成了海水,一不小心他就可能葬身在万里之外,变成无人收的白骨。

与此同时,他的家乡已经破败,田地都荒芜了,租税却一点没少。县官催逼很急,他的家人活不下去,甚至可能已被迫逃亡,只剩一个无法回还的故乡。

和这个戍卒形成鲜明对比的,是另一个人——高高在上的唐玄宗。他还沉浸在开疆拓土的宏大美梦里,不断征调士卒,干着"弊中国以邀边功,农桑废而赋敛益急"的事。身边的佞臣不断吹捧,使他完全不知道自己治下的唐帝国已经千疮百孔。

有人说《兵车行》是一首讽刺诗。在我看来,这早已经不是"讽刺诗",而是"直刺诗"。所谓讽刺往往是婉言隐语,《兵车行》却几乎面斥到当权者脸上了,是一首绝对勇敢无畏的诗。

耐人寻味的是,面对天宝年间"武皇开边意未已"的局面,盛唐诗人们表现出了不同的立场和态度。最典型的就是一起游梁宋的三个朋友:李白、高适、杜甫。三人的价值观开始微妙地分道扬镳。

高适的态度是:多鼓掌,多赞美,少得罪人。

他是个心里特明白的人,如果不牵扯到直接当事人的,高适往往能说几句公道话。比如:

汉家能用武,开拓穷异域。

戍卒厌糠核，降胡饱衣食。

——《蓟门行》

"汉家"拼命开拓，前线士卒吃的是最糟糕的食物，而反复无常的降胡却被赐予大量财物，吃饱穿暖。

岂无安边书，诸将已承恩。
惆怅孙吴事，归来独闭门。

——《蓟中作》

这里隐隐也有指朝廷滥行封赏，却解决不了实际问题。

然而，一旦牵涉到具体的战事，或是自己要倚靠的上层领导，高适就往往歌功颂德，连战败了也硬夸不误。他作这类诗的目的非常明确，就是维护上层关系，结好当事的大臣大将。

以李宓伐南诏之战为例，这是杨国忠策划的一场愚战恶斗，不但起因荒唐，结果也是全军皆没的惨败，牺牲了数万将士的生命。后来白居易有诗云"又不闻天宝宰相杨国忠，欲求恩幸立边功"，说得非常明白透彻。

高适却用力写诗粉饰，故意含糊打仗的原因和战果，只恭维杨国忠和李宓：

圣人赫斯怒,诏伐西南戎。
肃穆庙堂上,深沉节制雄。
……　……
长驱大浪破,急击群山空。
饷道忽已远,悬军垂欲穷。
精诚动白日,愤薄连苍穹。
野食掘田鼠,晡餐兼焚僮。
……　……
归来长安道,召见甘泉宫。
廉蔺若未死,孙吴知暗同。
相逢论意气,慷慨谢深衷。

——《李宓南征蛮诗》

硬夸杨国忠、李宓是孙武、吴起、廉颇,仿佛打了大胜仗一样。更恐怖的是,把吃人也当作艰苦奋斗的成绩来标榜,"晡餐兼焚僮"就是吃对方民族的少儿。

哥舒翰攻打石堡城,死伤惨重。高适对哥舒翰的军事行动却一直极力赞美:

献状陈首级,飨军烹太牢。
俘囚驱面缚,长幼随颠毛。

229

> 毡裘何蒙茸，血食本膻臊。
>
> 汉将乃儿戏，秦人空自劳。
>
> ……　……

——《自武威赴临洮谒大夫不及因书即事寄河西陇右幕下诸公》

当时高适去临洮想拜见哥舒翰，没能遇到，于是写诗投寄。仅从记录历史的角度上说，这些诗句是很有价值的，被俘的吐蕃老少的形貌、生活习俗都写到了。

后来哥舒翰破九曲，高适写诗又贺，场面更加血腥："泉喷诸戎血，风驱死虏魂。头飞攒万戟，面缚聚辕门。"

从这些诗，能看出高适此人跟得紧、拎得清。后来他能青云直上，做节度使、封侯爵，也和他这种素质有关系。事实上他发迹的第一步就是得到了哥舒翰的赏识，做了其幕僚。

必须说明的是，写这样的诗，是当时的风气使然，和高适持相似调子的是多数。王维、储光羲等"隐士"都例行歌颂了这些开边的战斗。储光羲还和高适一样写诗赞颂过安禄山。

放眼天下诗坛，最与众不同的两个人就是李白和杜甫。

他俩并没有事先约定，却又无巧不巧地站在了一起，表现出了相近的价值观。两人写了那么多诗，却几乎没有粉饰过任何一场天宝后期残民拓边的战争[6]，更多的是抵触和反感，为底层人的苦难说话。

杜甫《兵车行》前文已经说过。另一首脍炙人口的《前出塞》，可说是他完整价值观的陈述：

> 挽弓当挽强，用箭当用长。
> 射人先射马，擒贼先擒王。
> 杀人亦有限，列国自有疆。
> 苟能制侵陵，岂在多杀伤。
>
> ——《前出塞九首》其六

李白这首《古风》，一样写高适拼命粉饰的南诏之战，内容却截然不同，你甚至会怀疑这是不是平行世界里的：

> 云南五月中，频丧渡泸师。
> 毒草杀汉马，张兵夺秦旗。
> 至今西二河，流血拥僵尸。
> ……　……
>
> ——《书怀赠南陵常赞府》

另一首《古风》和高适之作同样写到"圣皇之怒"，可李白看到的现实也完全不一样：

赫怒我圣皇，劳师事鼙鼓。

阳和变杀气，发卒骚中土。

三十六万人，哀哀泪如雨。

且悲就行役，安得营农圃。

不见征戍儿，岂知关山苦。

李牧今不在，边人饲豺虎。

——《古风五十九首》其十四

"圣皇"过了瘾，大将取了紫袍，可征戍人却破家丧命，李白对此丝毫兴奋不起来。

另一首名作《战城南》，李白是这样写的：[7]

去年战桑干源，今年战葱河道。

洗兵条支海上波，放马天山雪中草。

万里长征战，三军尽衰老。

…… ……

烽火然不息，征战无已时。

野战格斗死，败马号鸣向天悲。

乌鸢啄人肠，衔飞上挂枯树枝。

士卒涂草莽，将军空尔为。

乃知兵者是凶器，圣人不得已而用之。

这首诗慷慨苍凉，悲天悯人。金庸在武侠小说《天龙八部》里，写到契丹英雄萧峰一力阻止宋辽战争时，就在雁门关外听人吟诵了李白这首诗，并深为动容。

李白和杜甫，都不是善于谋身的人，甚至可以说幼稚。要论从政的圆熟老练，他们和高适相比，简直差了十个岑参。

但由于天生的一片赤诚和悲悯之心，完全凭着良心和直觉去看待世界，结果在一些大事上，这两个"幼稚"的人反而显得最有思想性，也最有远见，超出了同时代的任何诗人。

在盛唐群星汇聚的光明顶上，为什么偏偏是他两个成就一仙一圣，卓绝独立，超出侪辈？这并不只是因为作诗的才华和技巧，怕也因为他们两人最本色纯粹、自然天真，因而最能得证大道。

后世在文学上能达到这一高度的，如苏东坡、曹雪芹，都是这一类的人。

且说和亲而死的宜芳公主。

她的惨死异乡，让许多人心为之恻。有人寻找过她的坟墓，在一些史料笔记中翻到过"宜芳县""皇姑坟"之类的地名，怀疑是她归葬之处，但终于是无法确证。

不少人也因此抨击和亲政策。中唐的戎昱就写了这首广为传颂的《咏史》诗：

> 汉家青史上，计拙是和亲。
> 社稷依明主，安危托妇人。
> 岂能将玉貌，便拟静胡尘。
> 地下千年骨，谁为辅佐臣。

这种心情是可以理解的。随意又草率的和亲，确实于国无补，徒然把无辜的少女推入火坑。

如今许多历史爱好者更是认为，和亲是屈辱、软弱的表现，只依赖和亲，失去骨气、血性，国威就将不振。

然而看待历史不能只停留在这个层面。往深里稍微问一句：问题真的是出在和亲上吗？天宝年间吐蕃、奚降而复叛，是因为唐朝软弱，不够"铁血"，只会和亲吗？

事实恰恰相反，真正的原因之一反而是边将轻佻启衅，激起"杀公主以叛"的事件。而往根本上说，则是由于玄宗的好大喜功。

宋代范祖禹《唐鉴》说过这样的话：

> 上之所好，下必有甚者矣。明皇崇老喜仙，故其大臣谀，小臣欺，盖度其可为而为之也。不惟信而惑之，又赏以劝之，

则小人孰不欲为奸罔哉？

此处说的是玄宗的修仙爱好，但放到战事和对外策略上，也是一样的。主上爱过瘾，底下人就会想方设法帮你过瘾，以博取晋升资本。在这种狂热气氛的绑架下，唐朝无法再进行理性的决策，也无法推行一个稳定统一的对外政策。

历史一旦进入这种通道，无论"和"还是"战"，无论和亲还是招亲，都是十分危险的。天宝中后期，唐朝的边境行为往往都呈现出一个特点，就是普遍地轻佻、狂浪。大臣、边将们决策往往不以利国为目的，而只顾投上所好、对上演戏，甚至明知误国、毁国，只要主子喜欢也照干不误。反正天塌下来是大唐的天，关我鸟事？

这种危局并不是没有人看出来。

李白曾到了幽州，目睹了安禄山尾大不掉的危险局面。事后回忆，他痛心地写下：

十月到幽州，戈铤(chán)若罗星。

君王弃北海，扫地借长鲸。

——《经乱离后天恩流夜郎忆旧游书怀赠江夏韦太守良宰》

"长鲸"就是指安禄山。他已任三镇节度使，拥兵数十万，而唐朝国中只剩空虚的战力和疲敝的人民，局势已危如累卵。

然而，李白他们微弱而不合时宜的声音，就和宜芳公主的泣诉一样，根本不会被听见。

注释

〔1〕 一作宜芬。
〔2〕 "贪功好战"不是我杜撰的。吕思勉《隋唐五代史》说:"高仙芝、哥舒翰等,亦不过贪功生事之徒。"
〔3〕 一说三万。
〔4〕 后来明朝将领邓子龙驻守云南,便写诗讽叹:"唐将南征以捷闻,谁怜枯骨卧黄昏。惟有苍山公道雪,年年披白吊忠魂。"
〔5〕 冯至《杜甫传》:"边将们好大喜功,挑动战争,在开元末年和天宝初年还能在边疆的战场上取得一些胜利,可是后来就不同了,在751年的一年内,鲜于仲通争南诏,高仙芝击大食,安禄山讨契丹,结果无一不败……同时生产力也就衰落下去了。"
〔6〕 李白、杜甫都曾有过个别赞颂哥舒翰的诗作,但区别是都是泛泛的恭维,没有写具体战事。哥舒翰乃是当时名将,早先哪怕民歌里都有对他的赞颂,如《哥舒歌》:"北斗七星高,哥舒夜带刀。至今窥牧马,不敢过临洮。"李白、杜甫不赞成天宝后期频频的开边战争,这个态度是非常鲜明的。
〔7〕 元萧士赟说:"开元、天宝中,上好边功,征伐无时。此诗盖以讽也。"

755年,杜甫的《命运》在叩门

为了减轻读者的负担,我们很少说长诗,但本书进行到此处,却无可避免地要遇到一首长诗了。

天宝十四载(755),这一年诞生了一首诗,叫《自京赴奉先县咏怀五百字》(下简称《五百字》)。但凡要了解杜甫,要讲盛唐的终结,就不能不提这首诗。

毫不夸张地说,杜甫之所以为杜甫,成为"诗圣",就是从这首诗开始的。[1]

如果要打个比方,这首长诗之于杜甫,就好比蜚声世界的《第五交响曲》之于贝多芬。贝氏这支曲子被称为《命运》,而《五百字》这首诗的主题,恰恰就是"命运"二字。

请各位不必畏惧,放下负担,我们一起来进入杜甫这首千古一诗——"命运"。

755年冬,十一月的一个半夜,杜甫要从长安出发去探亲。他刚找到了一份工作,上任前要回家一趟。

如果你对历史比较敏感,一看到755年冬这个时间,大概立刻就会心里咯噔一下:要出大事。

没错,"安史之乱"就是这时爆发的。此时,大唐王朝正处于大爆炸的前夜,一个大乱世即将来临。

杜甫当时在长安谋职。如果从他和李白于兖州分手赴京开始算,他已经整整"京漂"十年了。这十年里,他到处干谒,求爷告奶,终于朝廷不知怎么想起他了,给了一个工作叫"右卫率府胄曹参军",职级是正八品下,负责管理兵甲器仗。杜甫因此也常被后世调侃为仓库管理员。[2]

工作定了,杜甫立刻安排探亲看望老婆孩子。他的家人在陕西的奉先县,杜甫把这次探亲写成了一首诗,即《五百字》,你完全可以把它理解为一篇《回家的话》。

且一点点来讲。它的开头是这样的:

杜陵有布衣,老大意转拙。
许身一何愚,窃比稷与契。

开头就是自嘲:我这个草根啊——"杜陵布衣",头脑不灵光;"意转拙"——越活越木了。我活成这个鬼样子,却还厚着老脸,总是难以抛舍那一份雄心壮志,把自己比作历史上的大人物"稷与契"。这两人都是上古的名臣。

有一个流行语叫"卖白菜的命，操天下的心"，杜甫正是以此自嘲。

接下来几句都是这个意思：

> 居然成濩落，白首甘契阔。
> 盖棺事则已，此志常觊豁。

"濩落"指没出息，"契阔"指很辛苦。活成这鸟样，辛苦又没出息，本来死了也算了，棺材一盖，一了百了。可是谁让我没死呢，谁让我还苟活着呢。活着，我就不甘心，总想追梦。

有点像流行歌曲唱的：像我这样优秀的人，本该灿烂过一生。怎么四十多年到头来，还在人海里浮沉。

之前这些话，杜甫都是在铺垫，是为了下面抒怀做准备。李白写诗便不一样，抒情之前不铺垫，直接胸口一喷就来。杜甫却要先自嘲几句、铺垫几句，真性情才开始慢慢流露出来：

> 穷年忧黎元，叹息肠内热。
> 取笑同学翁，浩歌弥激烈。

何为"穷年忧黎元"？"黎元"就是百姓，杜甫说自己活成这个鬼样子，却还关心别人，忧虑到自己肠子滚烫、五内如焚。所以同伴们就笑杜甫，调侃他的迂。杜甫说，大家笑归笑，我初心不改，更加志气昂扬。

这很好理解，一个人到了四十多岁，要改早改了。杜甫是改不了的，他就是这样的人。

性情了几句后，他又开始往回收了，又讲了几句套话、面子话：

> 非无江海志，潇洒送日月。
> 生逢尧舜君，不忍便永诀。
> 当今廊庙具，构厦岂云缺？
> 葵藿倾太阳，物性固莫夺。

就是说我不是非死皮赖脸要当官，也并非没有归隐江湖之志，可是架不住这时代太好了，皇上太英明了，是"尧舜君"，所以我不舍得走。

"当今廊庙具"——有本事的人这么多，哪里差我一个？只是我秉性如此，好比向阳的葵藿般改不了了，所以坚决不走。

看到这儿，你会觉得杜甫挺矫情：这到底是走还是不走啊。甚至你会怀疑这人怕不是个马屁精，诸如什么赶上了好时代、生逢尧舜君云云，套话连篇，哪里有"诗圣"的风骨？

别急,你得往下看。

后面又是十二句,大致仍然是表达上面的意思:

> 顾惟蝼蚁辈,但自求其穴。
> 胡为慕大鲸,辄拟偃溟渤。
> 以兹误生理,独耻事干谒。
> 兀兀遂至今,忍为尘埃没。
> 终愧巢与由,未能易其节。
> 沉饮聊自遣,放歌破愁绝。

杜甫说自己就是个小蚂蚁,过点小日子就行,干吗要贪大求洋呢?他还说自己本来耻于走门路、托关系——"独耻事干谒",然而不喜欢归不喜欢,类似的事咱一样没少干,真惭愧啊,比不上巢父、许由那些淡泊名利的古代先贤了!我太难了!

人和人是不一样的。有些人天生喜欢搞关系,热爱钻营,乐在其中。但像杜甫这种面皮薄、自尊心强,天性不爱钻营却又勉强为之的人,就会活得很痛苦。

啰啰嗦嗦到此,杜甫说"沉饮聊自遣,放歌破愁绝"——愁啊,愁!且喝上两杯,作几首诗,放歌一唱吧!

诗写到这里,第一部分就算是写完了,共一百六十字,全诗已过了三分之一。也并不太难对不对?

在讲了一通心事之后,杜甫笔锋一转,寒风陡起。他开始讲自己探亲的事情了,全诗进入第二个乐章:

> 岁暮百草零,疾风高冈裂。
> 天衢阴峥嵘,客子中夜发。
> 霜严衣带断,指直不得结。

一年将尽,百草凋零,寒风呼啸,杜甫大半夜出发上路了——"客子中夜发"。这路可不好走,严霜凛冽,衣带都冻得断了,却因为手指冻僵而没法系上。

记住,这是"安史之乱"爆发的时刻,杜甫写的这风刀霜剑,隐隐意有所指。

接着他一笔荡开,写自己凌晨路过了骊山。这里有华清池,乃是玄宗享乐的地方,年年冬天都要带着杨贵妃泡澡。

杜甫说,天寒地冻的时刻,骊山的大人物们在奢靡腐化,大搞海天盛筵:

> 凌晨过骊山,御榻在嵽嵲。
> 蚩尤塞寒空,蹴踏崖谷滑。
> 瑶池气郁律,羽林相摩戛。

君臣留欢娱，乐动殷樛嶱(jiū kē)。
赐浴皆长缨，与宴非短褐。

何谓"御榻在嶔崟"？"嶔崟"就是山很高很陡，皇上就把盛筵搞在这儿。杜甫真是生猛，直接一笔搞到"御榻"头上。他说，老爷们天天享乐，君臣都在欢娱，在瑶池中泡澡、蒸桑拿。不但皇帝泡，王公权贵也泡，一起打水仗。泡完澡就"与宴"，蒸羊羔蒸熊掌，大吃特吃。

这些诗句是极其宝贵的。"安史之乱"前唐朝君臣是个啥样子？杜甫作为一个当时路过骊山的行者，一个历史的见证人，清楚地告诉了我们：就是这个熊样。

之前有人还误会杜甫拍马屁、讲漂亮话，说什么"生逢尧舜君"，可你现在发现他是马屁精吗？完全不是！那些马屁话只是个幌子，杜甫其实是在见证、在批判。

接着杜甫又说了：

彤庭所分帛，本自寒女出。
鞭挞其夫家，聚敛贡城阙。

朝廷用的那些华贵的绢帛，本来都是出自贫苦女孩子的劳动。你们鞭打人家、欺压人家，一车车一捆捆聚敛上来，都被利益集团们拿去分了。诗句写到这个份上，着实是了不起的议论，了不起的勇敢。后来郭沫若挖空心思批判杜甫，却也不得不承认这些是很光辉的句子。

>圣人筐(fēi)篚恩，实欲邦国活。
>臣如忽至理，君岂弃此物？
>多士盈朝廷，仁者宜战慄。

皇上纵容权贵巧取豪夺，形成了既得利益集团，本来意在团结人心，是为了"邦国活"，可是这些权贵们哪一个用心为国呢？所谓"多士盈朝廷，仁者宜战慄"，既然朝廷养着那么多所谓的英才，其中有点儿头脑的、有点儿良心的"仁者"真的应该战栗，好好想一想吧！

瞧，杜甫之前说皇上是"尧舜君"，可现在却犀利地抨击"尧舜君"；他之前说大臣们是"廊庙具"，可现在却猛烈地批评这些所谓的"栋梁材"。作为一个微贱的路人，冻得要死不活，先管管自己的衣服不好吗？带子都冻断了，裤子都掉了，手指头冻得连个结都打不出来，华清宫的大门你都进不去，却在这里忧愁风雨、大声呼喊。

接着，杜甫笔锋再一转，不光是说骊山了，而是说到了现实中的利益集团：

> 况闻内金盘，尽在卫霍室。
> 中堂舞神仙，烟雾散玉质。
> 煖客貂鼠裘，悲管逐清瑟。
> 劝客驼蹄羹，霜橙压香橘。

大意是：我听说大内赏赐的"金盘"——这里指代特殊的利益，都集中到了卫家和霍家。卫家和霍家啥意思？就是外戚，即皇帝的老婆家。"卫"是指卫青，"霍"是指霍去病，都是汉武帝的皇后卫子夫的亲戚。

杜甫这是在拿汉朝的事指代唐朝，刺杨贵妃得宠后杨家鸡犬升天，表面上说的是卫青，其实说的是杨贵妃的哥哥杨国忠。这家伙因为杨贵妃而当了宰相，一个人兼四十多个职务，败坏朝纲，朝政日乱。

杜甫还说到他们生活奢华腐败，家里演奏着高级音乐，客人来了上貂皮保暖，吃着极尽华贵的美食。所谓"驼蹄羹"就是用高汤煨骆驼蹄子。名贵的水果堆成小山，带霜的橙子压着橘子，穷鬼们别说吃，见都没见过。

写到这里，杜甫的一腔忧虑喷薄而出，凝结成传唱千古的名句：

朱门酒肉臭，路有冻死骨。

荣枯咫尺异，惆怅难再述。

大唐盛世掩盖下的"冻死骨"，让杜甫太压抑、太惆怅了，他说不下去了，所谓"惆怅难再述"。这是一种仁者才有的惆怅，一个爱国者才有的惆怅。假的爱国者是不会有这种惆怅的，拍马屁就好了。

到此，诗的第二部分结束。从"岁暮百草零"到"惆怅难再述"，一共一百九十个字，杜甫运笔如神，从一个行路人的视角，活画出了"盛唐"的真实情景。

如果说第一部分是杜甫的个人牢骚、个人抒怀，那第二部分就忽然深沉、犀利、厚重，全诗至此境界始大、感慨始深，变成了忧国和忧民。

这个王朝危机四伏，到处漏风。杜甫不是神仙，他并不知道"安史之乱"马上就要爆发，甚至已经爆发。但他以敏锐的嗅觉察知了危机，他有种强烈的不安，所以才"叹息肠内热"，仰天长叹，五内如焚。

多么讽刺啊，偌大一个王朝，居然是一个冻得发抖的赶路人最清醒。

接下来，笔墨又回到自己身上，杜甫继续描写自己的赶路，连续用了十句、五十个字：

> 北辕就泾渭，官渡又改辙。
> 群冰从西下，极目高崒兀。
> 疑是崆峒来，恐触天柱折。
> 河梁幸未坼，枝撑声窸窣。
> 行旅相攀援，川广不可越。

路途上真的很辛苦，河水夹着冰流淌，小桥虽然侥幸没毁坏，但也吱咯作响，极其难走，大家牵着挽着才能过去。对比之前权贵家的"驼蹄羹""貂鼠裘""酒肉臭"，是不是太刺眼、太鲜明了，完全是寒暖两重人间？

既然路途这么艰难，杜甫又何以非要回家呢？他回答说：

> 老妻寄异县，十口隔风雪。
> 谁能久不顾，庶往共饥渴。

老伴远在奉先县，一家人骨肉分离。"十口隔风雪"，读到这句，真是催人泪下。只因为早先长安遭了雨灾，米价腾贵，生活成本极高，杜甫支持不下去了，只好将家人先安顿到外地。

他时时刻刻想着家。一句"谁能久不顾"，真是一个中年人想家的心声，哪怕"川广不可越"，千难万险，也要去"共饥渴"。

一路顶风冒雪、跋山涉水到了家，找到了那个贫寒的小屋，可是杜甫看见了什么呢？简直是人间悲剧：

> 入门闻号咷，幼子饥已卒。
> 吾宁舍一哀，里巷亦呜咽。

一进门，杜甫就听见家里人的号哭声，小儿子竟然饿死了。"里巷亦呜咽"——邻居都觉得太惨了，也在为这不幸的一家人呜咽。

读到这里，能不一哭！一个"诗圣"，一位中华文化的巨人、民族的瑰宝，生活成这个样子，连孩子都饿死了。这真是时代的惨剧。更让人深思的是：盛世就不饿死人吗？没有的事。对古代的"盛世"，真不要想象得太天真了。

杜甫抹着老泪，无比惭愧。他说：

> 所愧为人父，无食致夭折。
> 岂知秋禾登，贫窭(jù)有仓卒。

那一年收成并不坏，可穷苦人家仍然搞不到粮食，仍然在遭遇不幸。杜甫说自己愧为人父。他这个人对家人一直都满怀惭愧，对孩子，他说"所愧为人父"，对太太，他说"飘飘愧老妻"。他勤奋、努力、爱家人，有责任感，可是拼搏半生却无法为他们带来温饱,还是逃不出一个"愧"字。

然则杜甫还有个特点:在自己最痛苦的时候,总会推己及人,想到别人的痛苦。他说自己:

生常免租税,名不隶征伐。
抚迹犹酸辛,平人固骚屑。

就是说我杜甫好歹有身份,受到祖上的恩荫,有一些特权,至少常不用交租税,不用服兵役。"名不隶征伐"就是说不用服兵役。诗人说,自己不是最底层的阶层,尚且遭遇人间惨剧,那些更底层、更穷苦的人又是何等处境?那些失去土地的无依之人,那些偏远地区的穷苦士兵,他们的生活又怎么过?

因此他用这样二十个字结尾:

默思失业徒,因念远戍卒。
忧端齐终南,澒(hòng)洞不可掇。

他的忧愁,像终南山一样高——"忧端齐终南"。他的忧愁弥漫无际,不可收拾。"澒洞"就是弥漫的样子。

五百字的长诗,在杜甫的一片热泪中就此结束。整首诗,杜甫好像只是在匆匆赶路,但你分明感觉到,他清瘦的身体里有一

250

颗赤诚的心脏在怦怦跳动。

他卑微、贫寒、纠结，但又情怀高尚、志向远大，对别人满怀同情。

他的笔下，活画出了一个盛世边缘的大唐，浮华奢靡又处处溃烂。"御榻"高高在上，"瑶池"烟雾朦胧，可是在贫寒的房屋一角还有饿死的孩子，冷暖交织，悲欢迥异。

他还像一个预言家。明明身份低微，根本不掌握任何内幕信息，可是你不晓得他从哪里来的敏感和洞察力，能在诗里大喊危险，字字句句让人坐立不安、毛发倒竖。他着急万分地提醒大臣们"仁者宜战栗"，还说"恐触天柱折"，似乎全部在预示着某种大黑暗、大崩溃即将发生。

杜甫的担心全部成了现实。就在几乎同一时间，天柱折了，安禄山范阳起兵，大乱爆发，大唐将被一片腥风血海笼罩。

前文已经说，倘若要打一个比方，《自京赴奉先县咏怀五百字》这首诗就好比《命运交响曲》。"命运"是全诗紧紧扣住的主题。诗人的命运，孩子的命运，权贵的命运，朝廷的命运，国家的命运，人民的命运，失业徒的命运，远戍卒的命运，所有人的命运交汇在一起，有荣有枯，有笑有泪，汇成纤毫毕现但又波澜壮阔的洪流。

从这五百字，你还能看出杜甫是一个真正的爱国者。假的爱国者只会唱空头赞歌，而杜甫是真的心系家国，所以他要呼号、诘问，肝肠如火，涕泪横流。

你很难去确切地概括杜甫，看来看去，还是郭沫若那副对联：

> 世上疮痍，诗中圣哲；
> 民间疾苦，笔底波澜。

可叹的是，公元755年，才刚写下五百字的时候，人们不知道他的伟大。他只是一个抱着孩子哭泣的四十三岁的父亲。

注释

[1] 杨恩成《唐诗说稿》说:"以这首诗(《自京赴奉先县咏怀五百字》)的创作为契机,奠定杜甫在中国古典诗歌史上的崇高地位。在杜诗史上,这首诗是杜甫诗歌写实精神的光辉起点。"

[2] 杜甫起先得到的职务是河西尉,职小而微,地方也较远,他不愿去,选择了做右卫率府胄曹参军。他写诗调侃自己说:"不作河西尉,凄凉为折腰。老夫怕趋走,率府且逍遥。"

诗圣就位！杜甫的九大交响曲

> 杜君诗之豪，来者孰比伦。
>
> ——欧阳修

一

前文说到，杜甫的《自京赴奉先县咏怀五百字》一诗，就是唐诗中的贝多芬第五交响曲——《命运》。

贝多芬号称"乐圣"，一生写有九大交响曲。假如用这个来类比，"诗圣"杜甫也有他的几大交响曲。

这是杜甫人生中几部重要的大诗。它们的主题各不相同，但无一不构筑精奇、磅礴雄伟。它们不只是"诗圣"的代表作，也是整个唐诗的筋骨。如果拿掉它们，唐诗都会大为减色，甚至将不成其为唐诗。

且让我们凝神屏息，欣赏这场音乐的杰作。不妨从较舒缓的作品开始，先品读第一首"田园"。

贝多芬第六交响曲号称《田园》，杜甫也有他的"田园交响曲"，那就是《佳人》：

> 绝代有佳人，幽居在空谷。
> 自云良家子，零落依草木。
> 关中昔丧败，兄弟遭杀戮。
> 官高何足论，不得收骨肉。
> 世情恶衰歇，万事随转烛。
> 夫婿轻薄儿，新人美如玉。
> 合昏尚知时，鸳鸯不独宿。
> 但见新人笑，那闻旧人哭。
> 在山泉水清，出山泉水浊。
> 侍婢卖珠回，牵萝补茅屋。
> 摘花不插发，采柏动盈掬。
> 天寒翠袖薄，日暮倚修竹。

这是杜甫写给一位他敬慕的女性的。开篇就是"绝代有佳人，幽居在空谷"。这是极有力量的诗歌开头，只用十个字，就交代了最重要的信息，瞬间把你拉进故事情境中。

随着神秘的帷幕一寸寸拉开，杜甫像一名温柔的指挥家，调度着他的琴手,用不动声色的曲调把她的生平娓娓道来。

她"自云良家子,零落依草木。关中昔丧败,兄弟遭杀戮",原来也是"安史之乱"的受害者。连天的战火席卷关中,她的家庭残破了,兄弟被杀戮。"官高何足论,不得收骨肉",乱离人不如太平犬,就算家里人当高官又怎么样呢?

就连婚姻也不能成为倚靠,因为丈夫很快有了新欢。这一切被杜甫锤炼为十个字:"但见新人笑,那闻旧人哭。"

一个本来生活富足的女性,在遭逢了家国的不幸之后,又遇到爱情的背叛。在那个时代,她无法"战小三",无法"致贱人",但却不愿屈就、不肯低头,于是做出了自己的选择:去到那山林中,修一座茅屋,一个人生活。

杜甫想必到访了她的林间小屋。他看见侍女变卖珍珠回来了,她们一起用藤萝修补房子。她"摘花不插发,采柏动盈掬",品位还是那么高雅,像是一个山林里的时尚达人,不用五颜六色的野花来插头发,而用翠柏装饰自己。

天色晚了。告别的时候,杜甫忍不住又一次回头望去,在暖黄色的暮光中,她倚靠着斑竹,微笑着向客人挥别,任凭风吹动薄薄的衣袖。杜甫记下了这一动人画面作为全诗的结尾:"天寒翠袖薄,日暮倚修竹。"

《佳人》这首诗,是动荡大时代背景下的田园之曲,是一个美好生命的自强之歌。

它的动人，不是在于充满同情和哀怜，而在于平和而刚健。如果杜甫只是怜惜佳人的遭遇，那最多是慈悲，这首诗就减色了。但杜甫还能做她的知音，能理解她独立的选择，赞赏她不放弃追求美丽、做自己生活主人的态度。这一个女性形象，其美好和高贵，即便是拿到一千多年后的今天，以我们现代人的眼光来看，也是一点都不过时的。

二

说罢第六交响曲，再来看第三。

贝多芬第三交响曲名为《英雄》，而杜甫的"英雄交响曲"，正是写于唐肃宗乾元二年（759）[1]的《洗兵马》。

这年，"安史之乱"已经进入第四个年头，平叛形势大为好转，胜利有望。

在唐军反击下，长安、洛阳两京相继收回，包括河北大部在内的许多领土被光复。安禄山已死，其子安庆绪的叛军困守邺城，被郭子仪、李光弼等九节度使率数十万大军包围。回纥在得到了唐朝的巨大好处[2]后也出兵助唐，数次参战。

大好局势面前，杜甫心怀激荡，挥就了这一宏伟篇章。

这部巨制非常严整，共分为四个乐章，每个乐章换一韵。第一乐章可以取名为"曙光"：

> 中兴诸将收山东，捷书夜报清昼同。
> 河广传闻一苇过，胡危命在破竹中。
> 祗残邺城不日得，独任朔方无限功。
> 京师皆骑汗血马，回纥喂肉葡萄宫。
> 已喜皇威清海岱，常思仙仗过崆峒。
> 三年笛里关山月，万国兵前草木风。

随着指挥家杜甫虚握的空拳张开，悠扬的弦乐响起，像是暗沉云层被刺透，胜利的晨光照耀了下来。

鼓声也起来了。"捷书夜报清昼同"，好消息星夜飞驰，络绎传往后方。官军渡过黄河，势如破竹，邺城的收复已经指日可待。

回想当年肃宗奔逃在甘肃时的日子，又想到大乱三年多来，兵戈不息，生灵涂炭，眼下胜利可期，诗人既喜不自胜，又觉得恍然如梦。

在雀跃、振作的调子里也有别的声音。"京师皆骑汗血马，回纥喂肉葡萄宫"，就是对时事的辛辣点刺。唐朝急于收复两京，向回纥借兵，约定"克城之日，土地、士庶归唐，金帛、子女皆归回纥"，把大唐子女当成了劳军的犬羊。洛阳收复后，回纥士兵奸淫烧杀，横行京城。杜甫虽然没有直说，但也已一笔点到。

接下来第二个乐章，可以名为"功臣"：

> 成王功大心转小，郭相谋深古来少。
> 司徒清鉴悬明镜，尚书气与秋天杳。
> 二三豪俊为时出，整顿乾坤济时了。
> 东走无复忆鲈鱼，南飞觉有安巢鸟。
> 青春复随冠冕入，紫禁正耐烟花绕。
> 鹤驾通宵凤辇备，鸡鸣问寝龙楼晓。

辉煌的铜管起来了，它明亮灿烂，排山倒海。既然曲名"英雄"，当然要讴歌英雄人物。这一乐章里，杜甫用四句诗列举了四大平叛功臣：太子、兵马大元帅李俶，中书令郭子仪，司徒李光弼，尚书王思礼。他们都是扭转乾坤的元戎大将。

随着长安的收复，天子终于结束了"异地办学"，早朝堂堂正正在大明宫开张了，冠盖如云、香烟缭绕的祥和景象又出现了。杜甫还提到玄宗、肃宗父子，就是"鹤驾通宵凤辇备，鸡鸣问寝龙楼晓"二句，肃宗这时还表现得谦恭孝顺，早早地去向太上皇玄宗问安，一派温暖祥和，让诗人感到鼓舞欣慰。[3]

杜甫的指挥在继续，第三乐章名为"荣耀"：

> 攀龙附凤势莫当，天下尽化为侯王。
> 汝等岂知蒙帝力，时来不得夸身强。
> 关中既留萧丞相，幕下复用张子房。

> 张公一生江海客,身长九尺须眉苍。
> 征起适遇风云会,扶颠始知筹策良。
> 青袍白马更何有,后汉今周喜再昌。

到了这一乐章,华丽的感觉在延续,但是调子复杂了起来。胜利临近了,分果子的人多了,"天下尽化为侯王",论功行赏开始泛滥。

当然杜甫的指挥艺术非常精巧,讽刺之后,曲调又回到了光明的路线上,称赞"萧丞相"房琯和"张子房"张镐,两个人都当过宰相。讴歌英雄仍然是乐曲的主基调。

收尾第四乐章名为"梦想",杜甫强烈的情感和对未来的期待,在这一章倾泻而出:

> 寸地尺天皆入贡,奇祥异瑞争来送。
> 不知何国致白环,复道诸山得银瓮。
> 隐士休歌紫芝曲,词人解撰河清颂。
> 田家望望惜雨干,布谷处处催春种。
> 淇上健儿归莫懒,城南思妇愁多梦。
> 安得壮士挽天河,净洗甲兵长不用。

借用戴望舒的诗意,这一章里,杜甫仿佛用残损的手掌,摸索着这灾难之后的广大河山。

满目疮痍的田园需要修复，苟延残喘过来的人民在等待春雨。布谷已经催春了，但战斗仍没有停止，健儿还在戍守，家乡的思妇仍然魂牵梦绕着前线。和平、团圆何时能真正到来啊！

最后时刻，诗人指挥家握紧了拳，让麾下的琴、号与鼓一起轰鸣，把酝酿已久的主题"洗兵马"奏响——"安得壮士挽天河，净洗甲兵长不用。"正如史学家洪业所概括的，武器被弃置一边，梦想和平永在。

这首"英雄交响曲"，规整庄严、华丽丰富，王安石就将它推为杜诗压卷。

它的主基调是光明、昂扬的，对未来的美好祝福是全心全意的，但是曲调又非常复杂，可以说暗含着不安，充满了危机感。

眼下大胜的背后，是"回纥喂肉葡萄宫"的无言伤痛，是"天下尽化为侯王"的无奈现实，是"奇祥异瑞争来送"的阿谀浪潮。杜甫担心，还没完全胜利呢，就开始坐享了；还没完全回春呢，就开始败坏了；还没治愈疴症呢，就开始弃疗了。

一个人乃至一个国家，面对挫败是学问，面对胜利同样是学问，一样需要智慧、考验良知。《洗兵马》就是杜甫性情和良知的联合杰作。

三

杜甫还有他的另几大交响曲。

贝多芬的第四交响曲,轻松活泼,常常被人称为《爱情》,对应杜诗就是《饮中八仙歌》。那是他在长安用浪漫诙谐的笔触写就的,全诗的核心正是"爱人"李白。

第七交响曲,被称为《舞蹈》,即是杜甫的《观公孙大娘弟子舞剑器行》。"昔有佳人公孙氏,一舞剑器动四方。观者如山色沮丧,天地为之久低昂。"这是对数十年前一场雄健舞蹈的致敬和怀念,对时光流逝的无情的感叹。

而在诸作之外,贝多芬还有一首最传奇的作品,便是第九交响曲。

创作这人生最后一部交响曲时,贝多芬早已经全聋。一生的风雨磨难,反而让他铸就了倔强傲骨,谱写出了这一呼唤人类大同的壮丽颂歌。这首交响曲名为《合唱》,人们对它最深刻的印象就是末尾的合唱《欢乐颂》,主题是呼唤光芒普照大地、世人永享和平。

而对应杜甫的第九交响曲,就是《茅屋为秋风所破歌》。

如果说之前"第三"《洗兵马》的主题是在冬末喊破残冰,那么"第九"的主题就是在地狱里仰望天堂:

八月秋高风怒号,卷我屋上三重茅。
茅飞度江洒江郊,高者挂罥长林梢,
下者飘转沉塘坳。
南村群童欺我老无力,忍能对面为盗贼,
公然抱茅入竹去。
唇焦口燥呼不得,归来倚杖自叹息。
俄顷风定云墨色,秋天漠漠向昏黑。
布衾多年冷似铁,骄儿恶卧踏里裂。
床头屋漏无干处,雨脚如麻未断绝。
自经丧乱少睡眠,长夜沾湿何由彻。
安得广厦千万间,
大庇天下寒士俱欢颜,
风雨不动安如山。
呜呼!何时眼前突兀见此屋,
吾庐独破受冻死亦足。

这是一次彻夜未眠后写的诗。当时"安史之乱"还没平息,杜甫流寓他乡。寒秋八月,狂风暴雨袭击了他的草堂,屋顶的茅草被刮走了,房子到处漏雨,家里没有一块干土,整夜无法睡觉。

自从丧乱以来,他和孩子们已经很久没有好好睡眠了。还记得当年逃难的时候,全家深夜在彭衙道奔行,冒着雷雨,踩着泥泞。小儿子饿得要路边的苦李吃，小女儿则饿得猛咬父亲，自己只能掩住她的口，怕惊动虎狼。谁想到几年颠沛流离之后，孩子们仍然要蜷缩在雨夜，裹着冰冷黏湿的被子睡觉，脚一蹬，被子就破一块。

如果诗说到这里便结束，那就是受难曲，而不是第九交响曲了。杜甫这个人就是这样，再狼狈、再穷蹙，他的光芒却是浇不灭的。他的心胸里仿佛有一棵大地之树，苦难越是浇灌，就越高大蓬勃。

这样一个不眠之夜里，他的肉体被困住了，于是只有放飞精神，让灵魂去翱翔。他自然而然地想起千千万万受苦的人，在长安见到的，在华州见到的，在彭衙见到的，在新安道见到的，在秦州、同谷见到的，《兵车行》里的人，《石壕吏》里的人，《佳人》里的人，一幕幕、一个个都再现在眼前，他们的苦楚都如此真实而具体。

杜甫忍不住要去幻想一个光明的世界，没有苦痛，没有压抑，没有黏湿的长夜和受难的孩子，只有饱暖、平等和欢乐。这个念头一旦冒出来就再也压抑不住了，那一刻，雪白的光自天而降，照亮了诗笔，浩荡的旋律已涌到指尖，杜甫要在这写满苦涩的诗的末尾呼唤光明、祈祷欢乐、仰望天堂：

安得广厦千万间，

大庇天下寒士俱欢颜，
　　风雨不动安如山。
　　呜呼！何时眼前突兀见此屋，
　　吾庐独破受冻死亦足。

他幻想无数广厦拔地而起，天下人都得到庇护，再无人重复自己的遭遇，被风雨摧残。如果能实现这个心愿，自己宁愿独自受冻而死。这就是杜甫的《欢乐颂》。

"吾庐独破受冻死亦足"，这是伟大的独白，也是伟大的致敬。它让人想起屈原的"亦余心之所善兮，虽九死其犹未悔"；也想起后世宋代张载的话："凡天下疲癃、残疾、惸独、鳏寡，皆吾兄弟之颠连而无告者也。"在人类的艺术里，至极的作品往往会有种巧合般的相似，杜甫这一诗歌的结尾，也恰恰与贝多芬把《欢乐颂》合唱放在第九交响曲结尾一样：

　　欢乐女神，圣洁美丽
　　灿烂光芒照大地
　　我们心中充满热情
　　来到你的圣殿里
　　你的力量能使人们
　　消除一切分歧

在你光辉照耀下面

人们团结成兄弟

好的诗像一盏明灯,会温暖许多人。莫砺锋教授就曾说过和这首诗的故事:

> 1973年深秋,我正在地里用镰刀割稻,一阵狂风从天而降,刮破了那座为我遮蔽了五年风雨的茅屋。……当天夜里,我缩在被窝里仰望着满天星斗,寒气逼人,难以入睡。我们村子还没通电,定量供应的煤油早已被我点灯用完,四周漆黑一片。忽然,一个温和、苍老的声音从黑暗中传来:"安得广厦千万间,大庇天下寒士俱欢颜,风雨不动安如山!"我顿时热泪盈眶。[4]

以上就是杜甫一生的几大交响曲。后世的贝多芬比他幸运,第九交响曲首次公演时,雷鸣般的掌声达到五次,作曲家充分享受到了世人的热爱。而杜甫在世的时候知音很少,他的"音乐会"一直听众寥寥,更多的时候是自吟自唱。

直到中唐以后,人们才渐渐发现杜甫的伟大,纷纷感叹:我们都欠老杜一张音乐会门票。

比如王安石,就是老杜的忠诚乐迷。他写有一首《杜甫画像》，对偶像做了衷情表白。诗是这样开头的：

> 吾观少陵诗，为与元气侔。
> 力能排天斡九地，
> 壮颜毅色不可求。

结尾，王安石专门讲到了他至爱的《茅屋为秋风所破歌》：

> 宁令吾庐独破受冻死，
> 不忍四海赤子寒飕飕。
> 伤屯悼屈止一身，
> 嗟时之人死所羞。
> 所以见公像，再拜涕泗流。
> 推公之心古亦少，
> 愿起公死从之游。

在杜甫的画像面前，王安石一拜再拜、涕泪横流，祈愿杜甫复生，自己去追随。

王安石的心似乎飞回了唐朝，来到安史乱中那个寂寞的音乐厅。时空在这里交错了。在杜甫的眼中，破败的大厅寂寂无人，自己孤独地演完，向空旷的观众席鞠躬谢幕。然而在同一个音乐厅,在重叠的平行时空里,人们欢呼如潮,王安石等一众后辈饱含着热泪起立,满怀崇敬,向"诗圣"致以经久不歇的最热烈掌声。

哪怕他们明明知道,台上的杜甫是听不见的。

注释

〔1〕 这首诗注家多系于乾元二年,也就是759年。宋人黄鹤认为,诗作于乾元二年仲春,这时候邺城还未大败,杜甫还希望满满。另一些观点则认为应系于乾元元年(758)。宋人赵次公和后来的钱谦益即系于乾元元年。洪业《杜甫:中国最伟大的诗人》称,诗中出现了成王,他在758年六月已经被立为太子,所以诗歌只能作于这个时间之前。但他可能忽视了浦起龙之说:"王已立为太子,句意在于纪功,故称其勋爵。"这一说有理。本书也将这首诗暂系于乾元二年。

〔2〕 肃宗以亲生女儿宁国公主许配给回纥可汗。之前和亲的大多是宗室女,肃宗在兵危时刻,不得已以亲女和亲。收复洛阳后,唐朝默许回纥士兵奸淫抢掠,惊惶的士女们躲到圣善寺、白马寺,回纥兵纵火焚烧,伤死者万计。

〔3〕 这里的解释,诸家不一,比较纷乱。钱谦益认为是讽刺肃宗,甚至是想让肃宗退位。这太过牵强。肃宗对玄宗的礼节,当时表现得不错,双方的对手戏配合得很好,表面上是共享天伦、一派祥和的。杜甫总体上是赞颂和欣慰的,最多说得上一个以颂寓规。

〔4〕 见莫砺锋《我与杜甫的六次结缘》,《光明日报》。

杜甫的太太：我好像嫁了一个假诗人

约莫三十岁那年，杜甫脱单了。[1]

他的岳父名叫杨怡，是一名朝廷干部，职务为司农少卿。

这是个什么级别的干部呢？有人说是县财政局的副局长，是科级。那是不对的。这个职务是属于"九寺"里的司农寺，级别是从四品上，可以称之为副部长，或者部务委员。

婚前，杨少卿看着杜甫，问他：

"你们京兆杜氏，可是了不起的人家呀。家里现在还有些什么人啊？"

杜甫挺了挺胸膛，说：

"祖父必简公，过世已久了……"

杨少卿点点头："知道，知道，前朝的杜司长，'文章四友'之一，大诗人哪。"

杜甫接着说："家父在山东工作，任兖州司马。"

杨少卿又点点头："有印象，有印象，杜巡视员嘛，为人不错的。"

他忽然问:"子美啊,你自己现在在做什么工作啊?"

杜甫不禁有点惭愧,脸上一红:"主要是写写诗。"

但他随即又鼓起勇气:"我会努力再准备考试的。而且,我会对小姐好的!"

杨少卿望着他的眼睛,认真又温和地说:

"这两件事,以后都要记得啊。祝你们幸福吧。"

就这样,杜甫把杨小姐娶回家了。

他比她大十一岁,还有人研究说,他比她大二十一岁。

放在今天,像这种年龄差距,杜甫应该叫人小甜甜才对。可是杜甫不懂,嘴巴特别不甜。他称呼杨小姐统统是一个特别没有美感的词——老妻。

"老妻书数纸""老妻忧坐痹""老妻寄异县"……好像根本不知道到底谁更老一样。

杨氏夫人有时都怀疑:这么不会说话,我嫁的是不是一个假诗人?

就算他偶尔不叫老妻了,也要换一个同样很难听的词——山妻。

比如:"理生那免俗,方法报山妻。"那口吻活像《西游记》里的牛魔王:"扇子在我山妻处收着哩。"

偶尔地,杨小姐也问他:"朋友都说你的才华高得不得了,就不能给我写几句情诗什么的?"

杜甫挠着头:"诗,我写倒是会写,可是'朱门酒肉臭,路有冻死骨'……这些放在你身上也不合适啊……"

不过,杨小姐也发现,假诗人也不一定就不好。他对别的女人也不会油嘴滑舌。

李白写诗,动不动写女人和吃喝嫖赌——"千金骏马换小妾""载妓随波任去留"。后来连王安石都说李白十句里有九句不是女人就是酒。

只有杜甫例外。翻遍他的一千四百多首诗,里面没有风流的东西,没有吃喝嫖赌,一句风月调侃的话都没有。除了一次丈八沟陪"诸公子"携妓纳凉之外,几乎唯一的一句,就是:"越女天下白。"

杨氏夫人说瞧,就说笨有笨的好处吧。

按计划,他努力准备着考试,争取进步。

其实结婚前他就曾考过一次,结果碰上了一个考官叫李昂。这个人出了名的心眼小、脾气坏,"性刚急,不容物。"杜甫同学落榜了。他没有气馁,认真复习,等待着机会。

天宝六年(747),朝廷发出通知,宣布要搞一次特别考试,号召大家都来参加,量才授职,绝不食言,骗人是小狗。

杜甫精神一振:机会终于来了!老婆孩子,你们就等着听我的雷声吧。

告别了夫人，他踏上了征途。这一年他三十六七岁，写作的造诣已经炉火纯青，放眼天下，几无对手。

考试的场面十分隆重，气氛十分庄严，程序十分完善，尚书省长官亲自主考，御史中丞监督，煞有介事。杜甫同学认真答完了诗歌、辞赋、策论等所有题目，觉得发挥得不错，交了卷，静静等待着成绩。

和他一起等成绩的，还包括唐朝的另一位大诗人元结。

多个日夜的翘首以盼后，榜单终于公布了，杜甫等人一拥而上去看，发现结果是：一个都不录取！

这不是阴谋，而是阳谋。所有的考生都被玩了。此次杜甫同学碰上的不是最差考官，而是最差宰相。

"陛下，大喜呀！"宰相李林甫拿着这份录取结果，跑去找玄宗皇帝，"您看，一个人都没录取，这说明什么？说明野无遗贤啊！您瞧咱们的组织人才工作搞得多出色！"

"是吗？那好哇！"玄宗皇帝正在打马球，心不在焉地答道，然后一纵马，"嘚儿……驾！"再次投入比赛。

夜晚，小旅馆里，杜甫辗转反侧，不知道该怎么和杨氏夫人说才好。先发个李安导演也穷过的故事给她？还是给她唱一首《闯码头》，告诉她我总有一天会出头？

正踟蹰着，结果杨小姐发来信息了，很短，只有一句话：

都听说了，别难过。早点回来。下一次加油。

然而，没有下一次了。几年后，"安史之乱"爆发。

当时的情景是，前天新闻里还在说大唐繁荣稳定，昨天洛阳就丢了，今天潼关又丢了，明天眼看长安又要丢。从陕北到关中，到处都是逃难的人。

杜甫带着一家人逃跑，逃到陕西鄜州一个小山村里。鄜州，今天已经有了一个很喜庆的名字，叫富县。但是杜甫当时住的那个村子一点都不富。

土房子，泥巴墙，满屋子凌乱的行李，嗷嗷求食的孩子，看着这一切，杜甫很惭愧：夫人啊，结婚十几年，还是让你过这样的日子。

安顿好了妻子，他出去寻找组织，想看看有什么出路，结果迎面碰上叛军，被拘在长安。

这简直是一幕唐朝版的《英国病人》。他和妻子、孩子隔着六百里路，从此不能见面。那可是个人命如草的大乱世，或许他明天就会死在乱军的马蹄下，那也不过是增加了一个失踪人口而已，杨小姐怕是永远也不知道他的下落了。

孤寂的晚上，他抬头看着月亮，想起了她，不禁泪眼模糊：

今晚的月亮，她在鄜州只能独自一个人看了吧？

这一句话，在他心里瞬间变成了一句诗："今夜鄜州月，闺中只独看。"

回到窄仄的屋里,他拿起了笔,在膝头写下了八句诗,题目就叫作《月夜》:

> 今夜鄜州月,闺中只独看。
> 遥怜小儿女,未解忆长安。
> 香雾云鬟湿,清辉玉臂寒。
> 何时倚虚幌,双照泪痕干。

如果翻译成现代文,大意就是:

今晚上的月亮啊,她只能一个人看。那没长大的娃娃啊,还不能把忧愁替她分担。凉夜的雾啊,湿了她的秀发。冷冷的月光,映得她玉臂也生寒。什么时候我们能再相见,依偎在帘下,不再泪水潸潸。

曾经读《月夜》,不相信这是杜甫的作品。一个满脸胃疼相的枯槁老家伙,怎么会写这样缠绵的诗呢。可是这千真万确又是他写的,"香雾云鬟湿,清辉玉臂寒",每一个字都是他写的。

他以为自己不会写情诗,她也以为他不会写情诗。但是乱世之中,他挥笔一写,一不小心,就写了整个唐朝最动人的一首情诗出来。

话说,在那个陕北的小村子里,杨氏夫人等了很久很久。终于，一天傍晚，那个熟悉的瘦削身影出现在村口，是杜甫，风尘仆仆，却满脸喜悦。他活着回来了。

"我回来了，我找到组织了，有了职务了……"他上气不接下气。

杨氏夫人哭了起来。墙头上围满了邻居，也在为这对乱世夫妻感叹。

晚上是属于两人的时光。他们互相看着，乱世里的重逢，让两个人都觉得像是做梦。这些情景后来被杜甫写成了四句诗：

> 邻人满墙头，感叹亦歔欷。
> 夜阑更秉烛，相对如梦寐。

后来，他们一直过着奔波的日子。

杜甫总是就业了又失业。就像那首流行歌曲唱的，当年他吹过的牛，已随青春一笑了之，眼下只能默默为生存而奋斗。

杜甫的诗，像是一本家庭日记，从头到尾写满了和她的点滴。

分开两地的时候，他会写：全家不在一处，真的好牵挂——"老妻寄异县，十口隔风雪。"

看见日子贫穷，他沉重地写下：我回到家里，看到她又用碎布做衣服穿——"经年至茅屋，妻子衣百结。"

有时候他还写：她又为我的身体操心了——"老妻忧坐痹，

幼女问头风。"

他还描写了两人住的房子，小产权的自建茅房，经常漏雨："床头屋漏无干处，雨脚如麻未断绝。"

有一说一，他们的生活也不全是苦难，也有不少快乐的日子。比如她化妆的时候。

杜甫虽然穷，但有一次还是想办法给她搞来了化妆品，弄到了一些上好衣服，让她重新打扮起来。于是"瘦妻面复光"，青春又稍稍回到了她脸上。

比如听到好消息，官军收复河南、河北了，和平有希望了，他"却看妻子愁何在"，两个人一起狂喜，打算立刻动身去刚被收复的故乡，开始新生活。

比如晚年的时候，他带着她划着小船，在江上徜徉，享受二人世界。有时她画个棋盘，他就陪她下棋。

去世之前，他是在一条漂泊的小船里，她应是守在身旁。对不起，他说，还是没混出名堂。

杜甫一生，总觉得自己愧对她。

他为人处事，对朝廷、对朋友都是无愧的，但是总觉得自己愧对太太，动不动就念叨："何日干戈尽，飘飘愧老妻。"

杜甫的一生，也始终依恋她，频繁地把她写进诗里："偶携老妻去，惨澹凌风烟。""老妻书数纸，应悉未归情。"

唐朝所有大诗人的妻子里，我们对杨小姐的生活了解得最多，对她的形象也最熟，原因很简单，因为杜甫写得多。对别的很多诗人，女人是生活用品，像是好酒、好马、新手机，但对杜甫，"老妻"是知音，是生命的一部分。

你可以说杜甫对不住她。他没能混出名堂来，年轻的时候吹牛不上税，说自己要建功立业"凌绝顶"，要做大官"致君尧舜"，要财务自由"白鸥浩荡"，结果一生穷困潦倒，女人孩子跟着吃苦。

但你也可以说，他没有辜负她。他们在一起短则二十七年、长则三十多年，是唐代诗人里最伉俪情深的一对。杜甫没有蓄妓、没有纳妾，没有过任何花边新闻。之前说了，翻遍他一千四百多首诗，奇迹般地一句勾三搭四的都没有。

不能说全是因为穷。唐朝诗人，又穷又花的也多。卢照邻也穷，也在四川留下一个郭小姐。只能说，杜甫，就是这么个人。

在杜甫面前，会感到无助、绝望。他才华高、学问大，你认了；但是他人品也好，做人做到完美，这就让人绝望了。同样是人，怎么差距这么大呢？

所以，每当读到他写幸福的一些诗句，比如"老妻画纸为棋局，稚子敲针作钓钩"的时候，我翻书页都会不自觉地轻一些，唯恐打扰了他们短暂的幸福。

注释

[1] 冯至《杜甫传》:"他(杜甫)可能是在这时(741年,杜甫三十岁)结婚的,夫人姓杨,是司农少卿杨怡的女儿。"陈贻焮《杜甫评传》:"开元二十九年(741),杜甫三十岁……他与夫人杨氏结婚大概在这年……他们夫妻之间感情深厚,后来一起辗转各地,同甘共苦,直至白头;偶有分离,杜甫多赋诗以致缱绻之情。"

人生最后几年，杜甫在想什么

不眠忧战伐，无力正乾坤。

——杜甫

唐代宗永泰元年（765）五月，杜甫的人生进入了倒计时。

成都浣花溪畔，他缓缓地掩上了草堂的门，颤巍巍踏上了一条小船。

这是他最后一次离开草堂。对着河水，他自嘲地告诫了自己一句话：可不能再哭哭啼啼、忧国忧民了。

这年他五十三岁，身体很差，头发已经全白。之前他就得了疟疾，加上肺病也没痊愈，整天咳。后来又患上了风痹，手脚总是麻木。

去哪里？去投奔谁？也许是湖南，也许有望去洛阳，不确定。

半生知交都已零落，世上的朋友已经不多。亲近的大臣房琯两年前就死了。一直关照自己的朋友严武一个月前也死了。杜甫失去了最后的依靠，加上成都局面动荡，不得不离开。

杜甫告诉自己，以后写诗替人操心的事差不多就行了，不要负能量了，别再胸怀天下了。用他的话说就是：

> 万事已黄发，残生随白鸥。
> 安危大臣在，不必泪长流。

意思就是你都活成这个鬼样子了，万事皆休，残生快了，就不要再悲悲切切忧国忧民了。所谓"安危大臣在"，不是有那些大臣在吗？国家好赖，让他们操心去啊。

一路而行，来到夔州，他病情加重，加上天气又冷起来，不得不暂停旅程，待了下来。

坏消息传来了，蜀中爆发了战乱，这边士兵造反，那边将领互斫，杀得人头滚滚，商旅星散。

与此同时，吐谷浑、吐蕃、回纥、党项羌又不断入侵，人们抛儿舍女各处逃难。官军也同样残暴，杀人抢人完全不输给他们。

寒冷的夜里，杜甫挣扎着坐起，拿起了笔。

家人说你不是不写了吗？何况你的脚已经废了，又咳，好好养病吧老爷子。

"没事，我不写，我只是记录记录。"杜甫说。

我要记录这蜀中爆发的战乱：

> 前年渝州杀刺史，今年开州杀刺史。
> 群盗相随剧虎狼，食人更肯留妻子。

我要记录人民流离失所，半路上抛弃儿女的惨剧：

> 二十一家同入蜀，惟残一人出骆谷。
> 自说二女啮臂时，回头却向秦云哭。

我要记录那些官军残害人民、抢掠妇女的行径，他们和虎狼一样厉害，和吐谷浑、党项羌的兵士一样凶残：

> 殿前兵马虽骁雄，纵暴略与羌浑同。
> 闻道杀人汉水上，妇女多在官军中。

想不出题目，就叫《三绝句》吧。杜甫告诉自己，这不是忧国忧民，我只是记录一下。

眼看回洛阳遥遥无期，杜甫在夔州待了下来，开始经营自己的生活。日子嘛，再难，也要好好过。

他租了一些田让家人来种，后来又置办了一间草屋，养了一些鸡。

他还意外地遇到拥趸了——当地一位官员居然知道他，给了他一片柑林。人生最后一次，他有了衣食有靠的日子。

他做各种事来使自己分心，让自己快乐。比如和本地人聊天、谈心。

比如躺在榻上回忆过去，怀念和老朋友李白、高适漫游的情景。

比如认真钻研诗歌的格律，平上去入，真有趣。

那段时间，他写东西的题目动不动是"遣闷""解闷"，似乎决心做一个安心种地养鸡的老人。可是他却仍然睡不着觉。卧在江边，听着水声，他彻夜无眠。

夔州表面上是宁静的，可天下仍然混乱不休。吐蕃又攻克了甘州、肃州，朝廷束手无计。

各地军阀日益跋扈，蜀地的大乱刚平定，同华节度使周智光又造反。这人残暴至极，最擅长活埋别人全家，还杀人食肉。

民生也极为困苦，一些地方的百姓早吃草根、晚食木皮。

所以杜甫睡不着。他一首一首地写诗，表达自己的忧虑。他说：

不眠忧战伐，无力正乾坤。

一个半残的人，上炕都费劲，踢正步都踢不动，居然还想去"正乾坤"。

那些日子，他的诗里动不动提到"战伐"两个字。

"野哭千家闻战伐"，那无数人的哭，好像都哭到他的心上；"人今罢病虎纵横"，天下豺虎横行，他止不住为苍生揪心。

哭的人太多了，死的人太多了，他说：

> 戎马不如归马逸，千家今有百家存。
> 哀哀寡妇诛求尽，恸哭秋原何处村？

他还时刻操心着故乡洛阳。本来老老实实在夔州住着就是了，洛阳用你操心吗？可他要操心。

他还操心皇帝和大臣。这简直太可笑了，人家过的什么日子，你过的什么日子，人家用你操心吗？

他却念念不忘地说：

> 故乡门巷荆棘底，中原君臣豺虎边。

这是他在痛心洛阳城荒芜了，痛心当时局势危急。

他还操心人民的生活，包括夔州当地的人民。这里看上去相对比较平静，却一样有各种巧取豪夺、横征暴敛。其实夔州的人用得着你管吗？你好好养你的鸡就是了呗。

可他却说：

> 安得务农息战斗，普天无吏横索钱。

什么时候才能够没有干戈，大家都开心种地？什么时候能没有横征暴敛，让穷人安稳生存？

带着满腔的忧虑，这一天他登上高处，想要散散心。

秋风萧瑟，病骨支离，越是散心，他心情越感慨、悲怆。俯视无尽的江水，远眺破碎的河山，千愁万绪一齐涌而出，汇成一个洞彻云霄的声音：

> 风急天高猿啸哀，渚清沙白鸟飞回。
> 无边落木萧萧下，不尽长江滚滚来。
> 万里悲秋长作客，百年多病独登台。
> 艰难苦恨繁霜鬓，潦倒新停浊酒杯。

这首诗就叫《登高》。在唐诗历史上有过无数次了不起的登高，李白登高过，王之涣登高过，孟浩然登高过，韩愈登高过，杜牧登高过，许浑登高过。

但杜甫这一次，可能是唐诗历史上最伟大的一次登高，也是最忧郁和最想不开的一次登高。

过完年后,思乡之情实在迫切,再加上远方的兄弟不断召唤,杜甫离开夔州,东行赴荆州,再图北上。

不料这一路充满艰难。到了荆州,北方又传来兵乱和战争的消息,无法再行北上。他的生活渐渐难以为继。

他的身体快速衰败,右臂偏枯,牙齿落光。

大概是因为糖尿病的并发症,耳朵也听不见了,别人和他说话必须用笔写在纸上。他日益穷蹇,走投无路。

跑到公安,又再次遇上动乱;接着到岳阳,到衡州,到潭州,又回衡州,所到处不是故人难寻,就是兵荒马乱。他在一条局促的小船上漂来漂去。

用他自己的话说,是"疏布缠枯骨,奔走苦不暖"。

像这样一个人,日暮途穷、老无所依,他还写那些没用的关心别人的诗吗?事实上是居然还写,还在记录。

这些年,甚至是他人生写作最勤奋的时候。

比如记录天下战乱不断:

> 天下郡国向万城,无有一城无甲兵。

比如操心粮食太贱,影响农民生活:

去年米贵阙军食,今年米贱大伤农。

去年粮价高昂,军队缺粮;而今年粮食太贱,伤害农民利益。
比如记录下官府盘剥沉重、民生困苦:

况闻处处鬻男女,割慈忍爱还租庸。

民生负担实在太重,处处都在卖儿鬻女来还租。
还有反映经济混乱、濒于崩溃:

往日用钱捉私铸,今许铅锡和青铜。

过去经济秩序稳定,严禁私自铸币,而现在却已公然允许铸造劣币了。

还有,明明到处战乱不休,底层人民简直有无数种死法,用他的话说就是"丧乱死多门",然而一些底层的少年人、小孩子却傻乎乎地狂热好战、喜乱乐祸,盼着靠打打杀杀出人头地。

他说:

胡虏何曾盛?干戈不肯休!
闾阎听小子,谈笑觅封侯!

768年，他终于登上了岳阳楼。

他是慕名而来的，本来还是有点高兴的。就像萧涤非先生说的，他本来并不是来痛哭的，可最终登临之时，他却痛哭不已。

所谓"始而喜，继而悲，终而涕泗横流"。

在这里，他写了一首诗，叫《登岳阳楼》。这首诗完美地诠释了什么叫想不开，什么叫放不下。

他明知道自己混成了什么样子，那就是"亲朋无一字，老病有孤舟"。可在诗的最后，他心心念念的仍然是：

戎马关山北，凭轩涕泗流。

依旧放不下的是戎马，是时局。

终于，一年多的漂泊之后，时间到了770年冬天，他病况加剧，倒卧船中。这时他已一贫如洗，衣服破破烂烂，一张用了很久的靠几早已散架了，得用绳子绑着。

他去不了郴州了，更去不了远方的洛阳了。事实上连这艘船他都已经出不去。他知道自己时间已经不多。

伏在枕上，他艰难地书写着，要给这个世界留下最后的声音。这最后一首诗，叫《风疾舟中伏枕书怀》。

这可以说是杜甫人生的最后一诗，是他和世界的挥手告别。原诗很长，记录了很多方面的情况，不全引述了。

只引一下最后的几句,看他要"书"的到底是什么怀,还心心念念着什么:

> 公孙仍恃险,侯景未生擒。
> 书信中原阔,干戈北斗深。

他放心不下的,乃是"公孙恃险",那些窃国的大盗仍然在作乱。他无法释怀的,是"侯景未擒",那像军阀侯景一样的元凶大恶,仍然在法外逍遥。

然后他写下的,是哪怕到了人生终点,也仍然牵挂的十个字:

> 战血流依旧,军声动至今。

他还在惦记着"战血"和"军声"。只要还能苟活一秒,只要别人还在承受不幸,他就永远无法忽视,哪怕是在自己即将离开世界的时候也不能。

这就是杜甫。他就是这样一个人。

杜甫大概会讲:我没有什么伟大的人格。我就是忍不住,想不开,放不下,舍不得。如是而已。

平平无奇杜子美

不时听见有人说,杜甫"文采不行",就是爱发牢骚。

此文便回答下不少人的疑惑:总把杜甫说得地位那么高、成就那么伟大,可是他的诗到底好在哪里呢?不少诗歌爱好者是真的有这个疑惑的。

要回答这个问题,是一个很庞大的工作,足够写几大本书了。本文就从最简单的角度来聊一聊杜甫到底"牛在哪里"。

诗人是什么?借用今天的流行语来说,其实就是"嘴替"。所谓嘴替,就是替你说话,替你表达,替你发泄,替你把自己讲不出来的话给完美地讲出来。杜甫,其实不过也是一个"嘴替"而已。

嘴替与嘴替之间是分层次的,是有水平差距的。最伟大的嘴替会有三个使命:

世人的嘴替、文学的嘴替、时代的嘴替。

首先，杜甫就是世人的嘴替。

何谓世人？就是苍生。天宝年间中国有五千万苍生，他们每个人的情况处境都不一样，有老人，有少年，有孩子，有母亲，有士卒，有缙绅，有饿殍。

苍生的情绪状态也是不一样的，有欢喜，有悲伤，有忧惧，有惊怖，有希冀，有绝望。

杜甫是苍生的最强嘴替，没有之一。他可以替一切人的一切情绪来表达。

比如人类历史上一种常见的情绪——战乱之中思念亲人，杜甫十个字给你嘴替了：

烽火连三月，家书抵万金。

不妨品一品这十个字。

现在世界上也不消停，一些地方在打仗，人民流离失所。倘若问问士兵们、难民们，不管他们是任何国家、任何民族，翻译一下，问他们能不能懂什么是"烽火连三月，家书抵万金"。

他们一定瞬间就懂了，并且会热泪盈眶。这就叫作伟大的嘴替。

又比如一种常见情绪——老友久别重逢后的欢喜，杜甫二十个字给你嘴替了：

> 人生不相见,动如参与商。
> 今夕复何夕,共此灯烛光。

还能嘴替得更到位和动人吗?很难了吧。

又如极度的绝望,那种哀到最深沉处的绝望,杜甫二十个字嘴替了:

> 莫自使眼枯,收汝泪纵横。
> 眼枯即见骨,天地终无情。

绝望的人哪,你莫哭了!就算你眼睛哭干,哭成黑洞,哭得见了骨头,天地一样无情,没有怜悯,没有救赎。二十个字,把"绝望"这种情绪写到极致。

须知,人类的所有情感,从至极的喜到至极的悲,是有一个区间的。比方说满格是一百分,不同的诗人所能表现的区间是不一样的。

李白大概能表现九十五分,李煜也许能表现九十分,他们都是不世出的文艺之神。柳永、秦观等大概能表现七十五到八十分,也都是非常优秀的选手。而杜甫能表现全部的一百分。他是最卓绝的苍生的嘴替,是大能。

说了世人的嘴替，下面说第二点：文学的嘴替。

文学，是一种专业技巧。作为一个大诗人，在评价你历史地位的时候，肯定要面临这样一个专业审视：

你把文学的专业技巧拓展了没有？你把文学的表现力和可能性提升了没有？

为了方便大家理解，举一个小例子——曹丕。他是皇帝，也是诗人，是所谓"三曹"之一。论成就和才华，他赶不上他爹曹操，也赶不上弟弟曹植。

那他在"三曹"里算啥？吊车尾吗？然而咱们别的不说，只说曹丕的一样贡献，他搞出了一个《燕歌行》：

秋风萧瑟天气凉，草木摇落露为霜。

注意没，这是七言诗。在这之前，大家搞的主要都是五言诗，成熟的也是五言诗，曹操、曹植主要作品都是五言诗。曹丕却搞出了成熟的七言诗。这就是对文学的开拓之功，是永远无法抹杀的开拓之功。

而杜甫呢？他对中国诗歌的形式、技巧、题材、法则、容量、表现力，有多大的开拓之功？四个字吧，亘古一人。

杜甫这方面的功绩太辉煌了，几句话列举不完。好比说律诗，杜甫是律诗的最终定型者和大成者。

宋人讲，五七言律诗有"一祖三宗"，三宗的归属可以争论一下，一祖没有太多好说的，就是杜甫。

倘若是选四五个祖，还可以算到杜甫之前的宋之问、沈佺期、杜审言头上。但如果单提"一祖"，那不用争竞，就是杜甫。

之前看到一些讨论，大家很热烈地讨论杜甫的某首诗、某句诗是否"符合律法"。这很有趣，因为这个讨论恰恰有点搞反了——杜甫就是规范本范，就是律法本法。

说句不严格的，写诗的时候，某一处的"律法"，杜甫破了，那么规范就是可以破；杜甫救了，那么规范就是可以救。好比打篮球的跳投，热烈讨论乔丹的跳投标准不标准，不是不行，可问题是某种意义上，乔丹就是跳投的标准本准。

唐朝在杜甫之后，所有的一流大诗人，基本没有一个例外的，在形式、题材、技巧上都要学杜甫。因为他笼罩了一切。

前作《读唐诗》里曾写过一个想象的故事，叫"杜甫一道传三友"，主要情节是，杜甫传道，后辈韩愈得了一个字"骨"，白居易得了一个字"真"，李商隐得了一个字"情"。

这种传承是明明摆着的。莫砺锋教授有一个比喻说得很明白：杜甫就是长江上最大的水闸，上游所有水都聚到他那里去，下游所有波涛都从他这里泄出来。

就好比一个专业领域里，后来人用的多数的技法，都和他有关，都是他开发、打磨、创造定型的。然后你跑出来说他"不行"，岂非很幽默。

不多啰嗦，下面简单说第三点：时代的嘴替。

杜甫不但是世人的嘴替、文学的嘴替，还是时代的嘴替。这也是极其伟大的。

不妨把时代想象成一个人。这个人他自己是不会说话的——时代永远是沉默的，必须有人帮他说。

在公元八世纪的那个时代，那波澜起伏、地崩山摧的数十年间，中国发生了什么？经历了什么？动荡着什么？孕育着什么？纠结着什么？不安着什么？奔腾着什么？幻灭了什么？

时代既然不会说话，且问谁为时代说出来？杜甫。

唐朝之前的一个大时代是南北朝。南北朝的诗总体不太好，除了陶渊明等个别强人外，都不太好。为什么不太好？只说一点：你把南北朝所有诗人写的所有的诗加在一起，打个包，能看出来南北朝的中国人经历了什么吗？能看出来那个时代发生了什么吗？看不出来。

所以那个时期的诗歌，还不配做时代的嘴替，没有足够的资格站在时代的面前。

但唐朝仅一个杜甫，就用他一个人的力量，昂然站在了时代的面前。

《北征》《壮游》《忆昔》《兵车行》《丽人行》《自京赴奉先县咏怀五百字》《新安吏》《潼关吏》《石壕吏》《新婚别》《垂老别》《无家别》《洗兵马》《悲陈陶》……

这些恢弘的诗篇，哪怕其中有一首能够留下来，都是时代的幸事，更别说这么多首了。杜甫用一己之力，用"疏布缠枯骨"之躯，给我们留下了这么多的宏伟诗章，完全了时代最珍贵的记录：

朱门酒肉臭，路有冻死骨。

暮投石壕村，有吏夜捉人。

战血流依旧，军声动至今。

边庭流血成海水，武皇开边意未已。

生女犹得嫁比邻，生男埋没随百草。

野旷天清无战声，四万义军同日死。

闻道杀人汉水上，妇女多在官军中。

…… ……

在祖国辽阔的土地上，在亿万生民之间，从京兆到洛阳，从秦州到蜀州，从泰山到汶水，从夔州到洞庭，那个时代的一个个正面、侧面、高光、暗谷，各色人等的呜咽、号泣，希望的燃烧和泯灭，都有杜甫的诗笔在。

无论是耳目惊骇，还是饮恨吞声，无论是地动山摇，还是向隅而泣，都有杜甫的诗笔在。

时代有多大，他就有多大。时代的沟壑有多深，他的诗就有多深。

这就是我说的三个伟大的嘴替：苍生的嘴替、文学的嘴替、时代的嘴替。

最后聊一个事情——文采。

能明白，许多人凭着主观印象，觉得杜甫好像"没有什么文采"。因为不了解，就会有误会，误以为伟大文学家的使命是秀一下"文采"，搞几个"金句"。

好比前些天听到一个朋友说："李白写诗没什么，就是像某地方的人一样会吹牛而已。"

这就是典型的因为不了解造成的误会。他印象里李白只有类似"白发三千丈"的诗句,所以说李白只会吹牛。

请问,"人烟寒橘柚,秋色老梧桐",吹牛在哪里?

同样地,认为杜甫没有文采,也是一种不了解造成的误会。他们不明白,一个人的才华太大了、造诣太高了,"文采"就是个小事了,是一个比较低的标准了。就类似很多人觉得金庸也没文采一样。

讲讲杜甫的"文采"。先说一个概念——分量。在所有存世的五万首唐诗里,分量最重的五个字是哪五个?姑且列举一句吧:

国破山河在。

这五个字,一字有万钧之力,重如日月山河。

再说壮美。随便引两句:

落日照大旗,马鸣风萧萧。

是不是壮绝千载?

再说思念:

露从今夜白,月是故乡明。

再说苍茫：

　　无风云出塞，不夜月临关。

说沉郁：

　　星垂平野阔，月涌大江流。

说绚烂：

　　迟日江山丽，春风花草香。

说志向：

　　会当凌绝顶，一览众山小。

说遗憾：

　　出师未捷身先死，长使英雄泪满襟。

说惆怅：

正是江南好风景，落花时节又逢君。

最后说说华丽，很多人误以为老杜不能华丽，却不知道老杜影响晚唐华丽诗风的伟绩丰功。所谓"杂徐庾之流丽"岂是吹的？《秋兴八首》随便来一首，看看老杜可以多华丽：

昆明池水汉时功，武帝旌旗在眼中。
织女机丝虚夜月，石鲸鳞甲动秋风。
波漂菰米沉云黑，露冷莲房坠粉红。
关塞极天惟鸟道，江湖满地一渔翁。

所以不是什么杜甫有没有文采，而是一些人所谓的"文采""金句"，对一个文学巨匠来说，这个标准太小儿科了。

人家随口一句"人生七十古来稀"，都是我们民族流传至今的俗语。随口一句"但见新人笑，那闻旧人哭"，都让千百年来无数痴儿女怅惘。

杜甫就是这样的，无论你从哪一个角度去褒奖他，才力也好、技法也好、道德也好、文采也好、忧国忧民也好，都会觉得太小，无法笼罩他的功业。

当然，永远会有人像互联网上一样，说什么杜甫的《登高》

明显不如崔颢的《黄鹤楼》,还煞有介事分析一番。好吧,杜甫的《登高》不如崔颢的《黄鹤楼》,然后更不如"树深时见鹿,海蓝时见鲸"[1],还不如"谁执我之手,敛我半世癫狂",又不如"愿有岁月可回首,且以深情共白头"。

最后统统都不如春风十里不如你。

注释

〔1〕 李白《访戴天山道士不遇》,确有"树深时见鹿,溪午不闻钟"句,但没有"海蓝时见鲸"。

天罡尽已归天界

时辰到了。

——波德莱尔

"时辰到了。"这是波德莱尔的一句诗,也是我觉得本篇最贴切的开头。盛唐诗人的故事,将迎来最后的结局。

如果可以穿越,回到天宝十五载(756)的春天,也就是"安史之乱"爆发第二年之初,你会觉得一切还是充满希望的。

哥舒翰还在潼关镇守,兵气还很强盛,似乎能拒叛军于关外。

杜甫当时正在临近的白水避难,登高眺望兵势,还充满信心:

兵气涨林峦,川光杂锋镝。

…… ……

玉觞淡无味,胡羯岂强敌?

——《白水县崔少府十九翁高斋三十韵》

还有消息说唐玄宗要御驾亲征。李白在安徽当涂,听到这个消息也非常振奋:

> 云龙风虎尽交回,太白入月敌可摧。
> 敌可摧,旄头灭,履胡之肠涉胡血。
>
> ——《胡无人》

岑参则在万里之外的轮台值守,他对战事仍然看好,在送朋友东归平叛时说:"逐虏西踰海,平胡北到天。封侯应不远,燕颔岂徒然!"祝愿朋友攻灭叛军,立功封侯。

王昌龄则在偏远的龙标期待着北返,精神仍然比较昂扬,说:"莫道弦歌愁远谪,青山明月不曾空。"

然而,短暂的希望只持续了不到一个春天,形势就急转直下了。六月九日,潼关失守,哥舒翰被俘,长安门户洞开。十三日,玄宗出逃奔蜀。随即长安陷落,被抛下的嫔妃、王公、大臣惨遭屠戮,金玉珍宝被劫掠一空。

杜甫记录了这样一幕,有个落难的王孙在荆棘里避了一百多天,想给人当奴隶都不行。

时代的巨浪,也把诗人们抛到四面八方,像之前孟浩然、王之涣那样安然逝于太平岁月已成了奢望,几乎每个人都被命运迎头痛击。

最先迎来人生结局的是王昌龄。

七月，唐肃宗在灵武即位，大赦天下，王昌龄得以离开贬谪地龙标北返。启程时，他还踌躇满志，希望报君恩、诛叛军。然而行至亳州，居然被刺史闾丘晓怀忌杀害。

一个不朽的诗魂就此含冤熄灭了。这也是乱世中人命不如草的最好写照。

近一年后，宰相张镐统军救睢阳，以贻误军机罪杀了闾丘晓。闾丘晓哀告求情，自称有老母要养。张镐一句反问令他哑口无言：

"王昌龄之亲，欲与谁养？"[1]

从这句话看，张镐很有可能是王昌龄的诗迷，存心为偶像报仇。

再说杜甫。潼关一破，白水也失陷了。杜甫逃亡到鄜州，在羌村安置好了家属，又返身欲寻找组织，却被叛军堵了个正着。军士喝问："你叫什么？"

"杜甫……"

"呸！没听过。"

他才名不大，没受叛军重视，只被暂扣在长安不能回还。焦灼和痛苦之中，杜甫留下了伟大的《春望》：

国破山河在，城春草木深。

感时花溅泪,恨别鸟惊心。

烽火连三月,家书抵万金。

白头搔更短,浑欲不胜簪。

儿时读这首诗,毫不过心,对"烽火连三月,家书抵万金"根本无法共鸣。直等到年纪稍长,见多了伤逝、别离,才能稍微想象兵荒马乱,家人消息不通、生死未卜的苦痛。

好不容易,杜甫找到了个机会脱身,从长安金光门溜出来,一路奔到凤翔,寻到了唐肃宗。新皇帝一看他形象凄惨,衣服千疮百孔,鞋子的破洞里露着脚丫子,大为感动,便封了他一个官儿叫左拾遗。可这官儿没当多久便又被贬了,这是后话。

话说叛军继续抓人,在长安又抓到一个:"站住!叫什么?"

"报告,我叫王维……"

"哟呵!大官儿!大诗人!别让他跑了!"

王维被叛军当成宝贝,逼着做伪官。王维找来了哑药吃下,谎称是"瘖疾",也就是哑病,但这招并不管用,叛军把他押到洛阳,关在菩提寺,仍然强迫他当了个伪官"给事中"。

这也是难以苛责的,当时连宰相陈希烈都当了伪军的中书令。[2]

盛唐三大诗人中,杜甫、王维的遭遇都可说是身不由己,李白却是主动跳坑的。他去投奔了永王李璘。

李璘是唐肃宗李亨的弟弟，坐镇江陵，领了四道节度使，财赋丰足，趁乱挥师东下，打算割据东南。

为了扩大影响，他四处招揽名士。孔巢父、萧颖士都是当时名人，一收到李璘的请帖都落荒而逃，避之不及。唯独一个李白，在被李璘三请之后，居然兴冲冲地上了船。

倘若上了船就低调点也行，李白偏不，以为杀敌报国、大展宏图的时机到了，连写了十一首《永王东巡歌》。其中第九首路子最野：

祖龙浮海不成桥，汉武寻阳空射蛟。
我王楼舰轻秦汉，却似文皇欲渡辽。

这是把李璘比喻成文皇也就是唐太宗了，等于是提前帮老板扯旗造反。所以后人往往认为这一首是伪作，是有人故意栽赃栽诬李白，[3] 毕竟其余几首东巡歌里，李白只把永王比成历史上的王濬等名将，相比之下妥帖得多。

永王的队伍崩盘很快。他的东下遭到三吴地区顽强抵抗。

唐肃宗也迅速派了新任的淮南节度使兼御史大夫统兵讨伐。此人挟威而来，与淮西、江东两路将领誓师于湖北安陆，要剿灭李璘。

戏剧的是，这位前来负责讨平李璘的大将，居然是李白的老朋友高适。

高适发迹了，其进步之快令人咂舌。

仅仅在九年前，高适还待业在睢阳，写诗羡慕体制内的朋友有俸禄。[4]六年前，他还在做封丘县尉，当得十分痛苦，自称"山东小吏"，感到非常没尊严。

哪知在五十多岁上，蹉跎了大半辈子的他突然青云直上。他先是跟随哥舒翰，担任其僚属。潼关失陷后，高适追上玄宗，陈述利害，博得玄宗青睐，得以任侍御史、谏议大夫。

接着他又一次踩中了关键节点。为了遏制安史叛军，玄宗命令儿子们分镇各地，永王李璘就是这时得以镇守江陵。高适却"切谏不可"，反对诸王分镇。

这让新君肃宗大为满意，于是他又进入了肃宗的视野。等李璘一叛，肃宗找来高适一聊，发现此人头脑清晰、见识敏锐，大为欣赏，直接提拔为淮南节度使，让其去平李璘之乱。

高适和李白，这一对当年同游的老朋友，就在历史的玩笑之下做了敌人，成了针锋相对的平叛者和附逆者。

舰船之上，不知他们会不会想起同游的日子，想起芒砀山上的云雾、琴台上一起吹过的秋风，还有当年一同抱怨过的世道、畅想过的未来。

最终，高适兵还未到前线，永王就兵败殒命了。李白从镇江逃亡到鄱阳湖，无奈自首，被下在狱中。在众多的附逆之人中，他显得非常刺眼。谁让你是天下知名的大文士呢!

此时,李白的处境竟然比当了"唐奸"的王维还惨。

就在同一年,长安收复,唐肃宗追究伪官责任,原河南尹达奚珣、宰相陈希烈等都因为附逆被处死。[5] 王维也做过伪官,本来有重罪,但他大喊一声:"冤枉啊!我是身在曹营心在汉啊!"

"证据呢?"肃宗板着脸问。

王维变魔术一样从兜里摸出张发黄的纸来,上面有首旧诗,是自己当"唐奸"时偷偷写的:

> 万户伤心生野烟,百僚何日更朝天。
> 秋槐叶落空官里,凝碧池头奏管弦。
> ——《凝碧池》[6]

瞧,我虽然当了"唐奸",但心里还是向着您的啊!

肃宗反复读了几遍,气儿消了:"讨厌,不早说。"

因为有这首"自证诗",再加上其弟弟王缙抗敌有功,且愿意削去官爵以保护兄长,使王维被从宽处理,只降为了太子中允。王维则语气惶恐地上表辞谢,自称罪重,反复推让后才敢接受委任。

至此,王维一场人生中最大的危机,终于因为其一贯的稳慎、处处留地步,以及有强有力的兄弟支持,得以平稳渡过。

而在另一边，寻阳监狱中的李白却备受煎熬、痛苦不堪。

他想起了老朋友高适，写了一首《送张秀才谒高中丞》向他求救。在这首诗里，李白豁出去了。他大大赞颂了高适的功绩，把对方夸成是一个安邦定国、经天纬地的英雄，最后含蓄地提醒高适：我们曾经是朋友。

结果是石沉大海。

最后李白没被杀头，而是被判了个流放夜郎。一直奔走营救的是李白的太太宗夫人、宋若思、崔涣等。[7]高适自始至终一声也没出。

过去的那个老男孩高适已经远去，如今的他是一个成熟老练的政治家。对于一个已被打上罪臣标签的文人李白，一个已经社会性死亡的千夫所指者，他做出了理智的选择。

于是，李白，这个中国历史上有可能最伟大也最浪漫的诗人，终于踏上了他的放逐之旅。

冬去春回，北归的大雁飞过了他的头顶，让他想起了远别的妻子，潸然泪下。连看到道旁的葵叶，他都十分感伤，毕竟葵叶根深叶荣，不像自己要远谪。许多旧游之地也经常进入他梦中，比如秋浦，那里春水又生了，淹没了河里的白石。

逆着长江而上，李白仿佛走进了一条时光的逆流，一路都和青年时的自己背道而驰。当初年少时"夜发清溪向三峡"，轻舟东去，未来无限开阔。如今归来渝州，已是戴罪之身，满鬓繁霜。

等过了西陵峡，就是黄牛滩，这里湍急浪险，两岸的峻岭遮蔽了月亮。李白和一路陪伴的妻弟宗璟挥别，继续西进。终点夜郎还远在天边。

直到行至奉节白帝城，好消息忽然传来：肃宗册立皇太子，加之天旱，大赦天下，李白可以东还了。满腔喜悦兴奋顿时喷薄而出：

朝辞白帝彩云间，千里江陵一日还。
两岸猿声啼不住，轻舟已过万重山。

——《早发白帝城》

在一团梦境般的彩云中，李白掉头回家了。这个冰冷而阴郁的年月里，他终于有了一个属于自己的黎明。

他的小舟像风一样轻，把座座山峦连同一路的痛苦、怅闷，一起都抛在了身后。

徐志摩有诗说："匆匆匆！催催催！一卷烟，一片山，几点云影。"李白比这更加欢快喜悦。两岸猿声鸣响不住，本来是很凄厉、哀伤的，可是此刻在李白听来，倒像是欢歌、是号角，像是在踏歌送别他一样。因为他奔向的不但是江陵，而且是自由。《早发白帝城》就是一首自由之歌，是一个飞扬的灵魂洗掉了罪名，重新获得自由，即将开始新生的痛快的呐喊。

因为山水相隔，关于李白的第一手消息，杜甫很长时间内都并不知道。

他的心一直伴随着李白西行，猜想他是不是过了湖南，是否到了潇湘、洞庭，会不会对屈原的英灵倾诉和哭泣。

日久方见人心。事实证明，能赢得杜甫的友谊，那是人生之大幸。当人们都对李白唾弃纷纷、口诛笔伐的时候，杜甫还在为李白说话：

> 不见李生久，佯狂真可哀。
> 世人皆欲杀，吾意独怜才。
> 敏捷诗千首，飘零酒一杯。
> 匡山读书处，头白好归来。
>
> ——《不见》

尽管生活辗转无依，身体也每况愈下，他还是记挂着朋友，这已经成了杜甫的本能，直到最后。

前文中曾说过，唐诗通常划分为四个时代：初唐、盛唐、中唐、晚唐。而盛唐阶段的结束，标志就是杜甫的去世。他似乎注定是这个黄金时代的守夜人。

在生命的最后几年，杜甫不断接到一个又一个朋友故去的消息：

759年画家郑虔去世；761年王维离世；762年李白故去；763年，和他渊源很深的房琯辞世；764年轮到了苏源明，他甚至是饿死的；接着死去的是好朋友严武、韦之晋……

他想念朋友们，用颤抖的手，写下了心中的悲伤：

郑公粉绘随长夜，曹霸丹青已白头。
天下何曾有山水，人间不解重骅骝。

——《存殁口号二首》其一

这诗是写给画家郑虔的，但又何尝不是对所有凋零的朋友们的哀哀挽歌。

770年，已然病骨支离的杜甫整理书帙，无意中找到了故人高适十年前正月寄来的一首诗，其中有这样几句："人日题诗寄草堂，遥怜故人思故乡。柳条弄色不忍见，梅花满枝空断肠。"写诗时高适还在剑南做官，杜甫还在成都草堂。而眼下高适已经病逝五年了。杜甫读着诗，忍不住泪洒行间。

同年，杜甫又收到了老友岑参故去的消息。曾经热闹的朋友圈里，唯有他自己的头像还亮着了。此刻，他几乎已无泪可流。

是年冬，孤独的杜甫在湘江上一条小舟中死去，终年五十八岁。盛唐诗人的故事，至此终于彻底停止了更新。

对于这个诗的黄金时代,实在找不到一首合适的唐诗来总结,万幸想起了《水浒传》结尾的一首小诗:

> 天罡尽已归天界,地煞还应入地中。
> 千古为神皆庙食,万年青史播英雄。

这些诗人生前关系很复杂,都不省事。和我等俗人一样,他们有一见如故,有久别重逢,有点赞之交,有死生契阔,有贫贱时的知遇,也有富贵后的相忘。

然而他们又和我们不同。这个朋友圈里的每一位,都像座座耸立云天的高山,才华就像汨汨清流,沿着各自的路线狂奔。

杜甫曾把诗坛比喻成"碧海"。他们互相之间是友爱也好、疏远也好、隔膜也好、仇恨也罢,都不重要了。他们的诗情都化作滔滔江河,汇入了伟大诗国的碧海中。

注释

〔1〕 王昌龄被杀具体原因不明。辛文房《唐才子传》说:他"以刀火之际归乡里,为刺史闾丘晓所忌而杀",认为闾丘晓杀王昌龄是嫉才。从这里也可看出当时的混乱,地方大员的为所欲为。757年,宰相张镐出任河南道节度使,统兵救睢阳,闾丘晓贻误军机,张镐下令处死。闾丘晓哀告说:"有亲,乞贷余命。"张镐反问:"王昌龄之亲,欲与谁养?"于是处死了不给人活路、自己也没了活路的闾丘晓。

〔2〕 后来王维上表自称:"当逆胡干纪,上皇出宫,臣进不得从行,退不能自杀,情虽可察,罪不容诛。……伏谒明主,岂不自愧于心?仰厕群臣,亦复何施其面?踢天内省,无地自容。"虽然沉痛,但还是讲自己"情虽可查"的。

〔3〕 明代游潜《梦蕉诗话》认为李白这首诗:"不无启其觊觎之心。"意思是反心已露。郭沫若《李白与杜甫》认为,这一首诗必定是伪作,与其余十首的调子口吻都不相称。李白固然天真,但不是傻子,绝不会如此幼稚。比如第八首:"君看帝子浮江日,何似龙骧出峡来。"将永王比作晋代大将王濬,这是妥帖的,也说明他不至于去拿永王比李世民。

〔4〕 熊笃编著《天宝文学编年史》说:"天宝七年戊子(748)……高适居睢阳,穷愁困窘至极。秋季,作《别王彻》,感叹说:'……吾知十年后,季子多黄金。'《别李景参》又说:'……家贫羡尔有微禄,欲往从之何所之?'"高适也因为这首穷愁想钱的诗受到后来严羽等论者调侃。

〔5〕 唐肃宗将伪官分六等定罪,达奚珣被判定为一等罪,连同其他十七人被斩于独柳树下。陈希烈等六人为二等罪,被赐死于大理寺。如果仅从当

时的情形而论，处死者不算多，已经是从宽了的。后来达奚珣夫妇合葬墓被发现，墓志含糊了死因，只称逃亡无路，被拘执，"积忧成疾"。

〔6〕 这首诗一题《菩提寺禁裴迪来相看说逆贼等凝碧池上作音乐供奉人等举声便一时泪下私成口号诵示裴迪》。仍然是给裴迪的。

〔7〕 李白《在寻阳非所寄内》："闻难知恸哭，行啼入府中。多君同蔡琰，流泪请曹公。"似乎表明宗夫人在努力营救。另外李白《为宋中丞自荐表》中有句："前后经宣慰大使崔涣及臣推复清雪，寻经奏闻。"表明替李白说话的是宋中丞（宋若思）和崔涣。还有传闻郭子仪救李白，但证据不确。

李杜文章在,光焰万丈长

李白去世之后五十年,宪宗元和七年(812)八月。秋风之中,一个叫范传正的人来到安徽,担任宣歙观察使。

这是一个很重要的地方长官,管辖了安徽南部的广大地区,涉及今天的宣城、马鞍山、芜湖、池州等多个地市,李白病逝之地当涂县就在其辖区之内。

巧合的是,范传正恰恰是李白的"粉丝"。

范传正自小就读李白的诗,一直仰慕这位盖代天才。不仅如此,他的父亲范伦还和李白有旧,二人曾在浔阳夜宴赋诗,范传正也曾读过这些诗句。上辈的渊源,让他对李白愈发好奇和思慕。

这次来宣州,范传正早早存下一个念头:我要为李白做点什么。

到任之后,他开始寻访李白墓及其后人。墓地不久便找到了:五十年过去,坟墓已经荒芜摧圮,几乎被外面的世界遗忘,[1]唯有山中的樵夫经过。范传正令人清理洒扫,禁止樵采,将墓地保护起来。

寻访李白后人的工作却意外地艰难，过了三四年，才终于寻到李白的两个孙女。范传正立刻召见了二人。

这是一次偶像拥趸和偶像后人的神奇见面，地点是在州署。出现在范传正眼前的二女衣着简陋、形象"朴野"，完全是当地农妇打扮，但"进退闲雅，应对详谛"，自带一份书卷气，依稀还有着先祖李白的影子。

据她俩陈述，李白之子，也即二女之父伯禽在当涂务农，已于二十年前去世。伯禽有一子，即李白之孙，十二年前离乡出游，不知所踪。[2] 目前只剩这两个孙女，分别嫁给了当地农民陈云、刘劝。因为处境寒窘，二女怕辱没了先祖，县官近年来多番查访，她们都没去认告，最后迫不得已才现身。

说起身世，她们流出了眼泪，范传正也不禁泫然。他提出让二女改嫁给士族，提高她们的社会地位。从这一点也能看出唐代风气开放，改嫁并非天大禁忌。这一提议却被二女拒绝。

她俩只提出了一点：当年爷爷李白属意"谢家青山"，可由于条件所限，葬在了龙山东麓，不是他的本意，希望能予以帮助。范传正感慨不已，立刻答应了她俩的请求。

当涂县令诸葛纵经办了这件事。据说诸葛纵也是个爱好诗歌的，将此事办得十分利索。经过一番细心选址，元和十二年（817）正月二十三日，李白墓迁至六里之外的谢家青山之阳。

这座山得名于南朝诗人谢朓,当年谢朓担任宣城太守,曾于山南筑室居住,而他恰恰是李白的偶像。如今李白归葬青山,和偶像旧居之地相伴,应该说是遂了心愿。

新墓落成,范传正撰写了碑文,即《唐左拾遗翰林学士李公新墓碑并序》,详细记叙了事情原委;刻成二石,一座埋于地下,一座立于道路,让李白其人其事"芳声不泯"。同时他还搜集李白遗作,编为二十卷,希望传之于世。

应当感谢范传正这位唐代的文学追星族,他的功劳怎么说都不过分。仅就保护李白墓这一件事,他就是盖世的功臣。杜甫墓现共有八座[3],孰真孰伪,莫衷一是,而李白墓却几乎没有争议,就是得益于范传正。

如今,李白墓仍在青山,当地已开辟成了李白文化园。不远处就是青山河,向东是天门山和滚滚长江。这里平时很安静,偶尔有人来朝拜"诗仙",不约而同都会带上酒,白酒、黄酒、红酒都有,以慰藉这个一生爱酒的诗魂。

与李白类似,杜甫的后事,也是一个让人唏嘘的故事。

大历五年(770),杜甫在湘江上的一条小舟中病故。窘迫的家人自顾不暇,只能"藁葬之"[4],即草草埋葬。可想而知那是非常潦草寒酸的。

此后数十年,和当涂李白墓一样,杜甫的初葬墓也几乎被人遗忘。相比之下，李白生前名头大得多，去世后墓地尚且长年无人问津，更何况当时影响力远逊的杜甫。

同时代的绝大多数人都不知道杜甫的伟大。当时人选编的唐诗集如《河岳英灵集》《玉台后集》《国秀集》《丹阳集》《中兴间气集》都不收杜甫的诗。《河岳英灵集》收了盛唐诗人二十四名，连什么李巑、阎防都选上了，就是没有杜甫。历史的灰尘，似乎正在慢慢把他的一切堆埋。

直到中唐，人们才渐渐重新发现了杜甫，觉得这人的诗越读越好。这其中出了大力的是诗人元稹。

读了杜诗，元稹惊呼不已：伟大啊，这是几乎可直追《诗经》《楚辞》的绝艺啊！他到处搜集杜甫的诗，每找到一点就喜笑颜开，觉得无比亲切。[5]

元和八年（813），在杜甫去世四十余年后，其孙杜嗣业将祖父迁葬，迎灵柩回河南故里。这是一项非常艰难的工作，为了完成此事，穷困的杜嗣业四方乞援。

按照当时风俗，先人去世后，最好能让一位有影响力的人作墓志铭，甚至不惜为此花费重金。杜嗣业根本没有这笔钱。恰好他路过荆州，听说爷爷的拥趸元稹正在此地，于是上门求乞。

元稹慨然允诺，给偶像写东西还要什么钱？于是挥笔写下《唐故工部员外郎杜君墓系铭并序》。

在文中，元稹热情地讴歌杜甫，给了一个无以复加的评价：

至于子美，盖所谓上薄风骚，下该沈宋，言夺苏李，气吞曹刘，掩颜谢之孤高，杂徐庾之流丽，尽得古今之体势，而兼昔人之所独专矣。……诗人以来，未有如子美者。

元稹标举了古往今来许多诗人的名字，汉魏的曹操、曹丕、曹植、刘桢，南北朝的谢灵运、颜延之、徐陵、庾信，唐代的沈佺期、宋之问……都是一时之杰。元稹认为，与他们相比，杜甫处于更高的位面，可谓博采众长而超越之，是横压千古之人。

这是一次对杜甫毫无保留的认可，也是杜甫生前身后都极少享受过的推崇。

"李杜"这两个字，渐渐成了固定词组，在中国人的心里扎了根。

尽管当时仍有许多非议和毁谤，对李白、杜甫孰优孰劣也争论不休，但二人的拥趸越来越多，影响也越来越大，已成不可阻挡之势。人们仿佛自发地汇聚成洪流，满怀着崇敬，将二人迁移出蒿草丛生的荒凉墓穴，扶着灵柩，一路送上光明之顶，供万世顶礼。

文坛泰斗韩愈也出手了，他用两句诗结束了一切争议，完成了对二人历史地位的终极认证：

李杜文章在，光焰万丈长。

这不禁让人想起，人生最末时段，杜甫曾在《南征》中写下心事："百年歌自苦，未见有知音。"

他是带着没有知音的遗憾去世的。半个世纪后，杜甫才终于完成了文学史上一场伟大的逆袭。

有趣的是，后人不仅仅满足于做"知音"，还开始争夺起李白和杜甫来，包括故乡和墓址。四川、湖北、甘肃、山东都想当"李白故里"，而杜甫墓也是几处各执一词，尤其湖南耒阳、平江，河南偃师、巩县四处，互不相让。

明代人李贽曾为此感叹：

> 蜀人则以白为蜀产，陇西人则以白为陇西产，山东人又借此以为山东产……呜呼！一个李白，生时无所容入，死而千百余年，慕而争者无时而已。[6]

可叹李白、杜甫，生前承受寂寞的孤独，身后又要承受喧闹的孤独。这恰恰应了哲学家三木清的一句话：

"孤独不是在山上，而是在街上；不在一个人里面，而在许多人中间。"

杜甫生前，则早已用简练得多的方式预言了这一切：

冠盖满京华，斯人独憔悴。

千秋万岁名，寂寞身后事。

(后续见第三册《唐诗笑忘书》)

注释

〔1〕 范传正之前，李白坟前寥落，少有纪念修葺。贞元六年（790）有官员刘全白到池州任职，于龙山凭吊李白，见李白"荒坟将毁"，感到十分悲伤，于是组织了修葺，撰《唐故翰林学士李君碣记》作为纪念。等范传正来时又是二十多年后了，李白坟已经荒芜摧圮。

〔2〕 后来谷氏一直为李白守墓，据说至今已四十九代。现下的守墓人谷常新告诉过笔者一个观点：李白之孙"出游"可能是行乞，范传正加以美化，才说是出游。

〔3〕 据霍松林《杜甫与偃师》："现存杜甫墓约有八处：陕西有鄜州墓和华州墓，四川有成都墓，湖北有襄阳墓，湖南有耒阳墓和平江墓，河南有巩县墓和偃师墓。"其中巩县、偃师、耒阳、平江四处有可能是杜甫埋骨处。

〔4〕 见北宋司马光《温公续诗话》："杜甫终于耒阳，藁葬之，至元和中其孙始改葬于巩县，元微之为志。""藁葬"就是草草埋葬。但"改葬于巩县"和"元微之为志"是矛盾的。元微之即元稹，元稹为杜甫撰写的墓志铭只说杜甫改葬于偃师，未提葬巩县。

〔5〕 元稹写有《酬孝甫见赠十首》，其中有："杜甫天材颇绝伦，每寻诗卷似情亲。怜渠直道当时语，不著心源傍古人。"

〔6〕 见李贽《焚书》卷五《李白诗题辞》。

图书在版编目（CIP）数据

唐诗光明顶 / 王晓磊著. -- 上海 : 文汇出版社, 2024. 10.(2024.10重印) -- ISBN 978-7-5496-4343-1

Ⅰ. Ⅰ267.1

中国国家版本馆CIP数据核字第2024LR9146号

唐诗光明顶

作　　者/	王晓磊
责任编辑/	苏　菲
特邀编辑/	赵丽苗　刘　早
营销编辑/	潘佳佳　胡　琛
装帧设计/	周安迪
封面绘画/	马　龙
专家审校/	董希平
出　　版/	文匯出版社 上海市威海路755号 （邮政编码200041）
发　　行/	新经典发行有限公司
电　　话/	010-68423599　邮　　箱/ editor@readinglife.com
印刷装订/	山东韵杰文化科技有限公司
版　　次/	2024年10月第1版
印　　次/	2024年10月第3次印刷
开　　本/	1092×787　1/32
字　　数/	190千
印　　张/	10.5

ISBN 978-7-5496-4343-1
定　　价/　68.00元

敬启读者，如发现本书有印装质量问题，请与发行方联系。